Reider-
zijl

Oosterreide

TORUM

Stokdorp

R E I D E R

saxum

Houwingaham

palmar

Tjamme

L A N D

medum

Finsterwolde

Beerta

Westerwoldse Aa

ensel

eiland
Ulsda

Kijk ook op
www.martineletterie.nl
www.leopold.nl

Copyright © Martine Letterie 2009
Omslag en illustraties Rick de Haas
Omslagontwerp Marjo Starink
NUR 283 / ISBN 978 90 258 5569 7

Uitgeverij Leopold drukt haar boeken op papier met het FSC-keurmerk. Zo helpen we waardevolle oerbossen te behouden.

Martine Letterie

De gevaarlijke voorspelling

LEOPOLD / AMSTERDAM

Inhoud

Weg van huis 7

Oom Klaas 14

Een vreemdeling van overzee 21

Een echte ridder 28

Weer thuis 36

Storm! 43

Het Reiderzijl 50

Gesprek met ridder Keno 58

De volksvergadering 64

Ontmoeting met Jaarfke 71

Het klooster Palmar 79

Nogmaals ridder Keno 86

Nawoord van de schrijfster 93

Weg van huis

6   Hiddo kijkt om. Nog één keer wil hij het huis zien waar hij is opgegroeid. Hun steenhuis lijkt in de ochtendzon even stoer als altijd, de bakstenen dieprood. Een vreemdeling die hier langsrijdt ziet niet welk drama zich daarbinnen heeft afgespeeld. Maar Hiddo weet dat er niemand buiten staat die hen uitzwaait, omdat er geen mens meer is die dat kan doen.

Met een ruk draait hij zijn hoofd om. Stomme tranen. Waar komen die vandaan? Die zouden toch zo langzamerhand op moeten zijn. Driftig veegt hij ze weg met de achterkant van zijn hand.

Zijn vader rijdt voor hem uit. Hiddo ziet de kont van het paard onverstoorbaar heen en weer schommelen. De hoeven zuigen zich bij elke stap vast in de vochtige grond.

'Weet je de weg wel?' Hiddo's stem klinkt scheller dan hij wil.

Zijn vader draait zich om in het zadel en houdt zijn paard iets in. Hij wacht tot Hiddo naast hem rijdt.

'Natuurlijk weet ik de weg. Jij zou hem ook blind kunnen vinden. We volgen de Westerwoldse Aa tot waar die in de Eems stroomt. En daar ligt Oosterreide.'

Hiddo volgt in gedachten de rivier en dan schudt hij zijn hoofd. 'Klopt niet. Niet als we langs deze kant van het water blijven rijden. Dan kunnen we straks niet verder op het punt waar de Tjamme in de Aa stroomt.'

Zijn vaders hoofd schiet verrast omhoog. 'Daar heb ik niet aan gedacht. Laten we de Aa dan maar zo snel mogelijk oversteken. Verderop wordt hij breder.'

Zie je wel dat zijn vader niet zonder hem kan. Als hij dit soort dingen al niet eens meer kan bedenken...

In stilte rijden ze achter elkaar. De koude wind gaat dwars door Hiddo's kleren en dringt door tot in zijn botten. De tranen die nu over zijn wangen rollen, zijn van de kou. Hij is verbaasd dat ze niet direct op zijn huid vastvriezen.

Ineens ruikt hij de laatste pap van gisteravond weer, en zijn maag steekt van de honger. Het was niet veel geweest en hij had het pijnlijk eerlijk verdeeld. Eén schep voor zijn vader, één voor hem, één voor zijn vader, één voor hem...

'Heb je ook in die hoek achter de schoorsteen gekeken?' had zijn vader gevraagd. 'Vorig jaar hadden we aan het eind van de winter ook niet meer zoveel te eten. Toen bleek dat daar nog een hele zak haver lag. Je moeder was vergeten daar te kijken.'

Hiddo haalde zijn schouders op. 'Ik heb er net nog gekeken. En gisteren ook. Maar de haver is echt op.'

Zwijgend zoog zijn vader op zijn laatste hap. Hij schraapte zijn kom zorgvuldig leeg en zette hem toen met een harde klap op tafel. 'Dit kan zo niet langer. Je moet weg. Straks ga je dood van de honger.'

'Natuurlijk ga ik niet dood van de honger. We kunnen toch nog even volhouden? Tot het voorjaar. Januari wordt niet voor niks de harde maand genoemd, het is het dieptepunt van de winter. Hierna kan het alleen maar beter worden.'

Maar zijn vader schudde z'n hoofd. 'We hebben de strijd verloren,' zei hij. 'Als jij naar mijn broer Klaas gaat, heb ik een mond minder te voeden. Hij is pastoor en hij krijgt altijd wel eten uit de parochie. En in mijn eentje houd ik het langer vol.'

'Waar er een eet, kunnen er ook twee eten,' zei Hiddo koppig. 'Ik heb de afgelopen weken toch laten zien hoe goed ik met weinig eten kan?'

Zijn vader gaf geen antwoord meer.

Met een ruk was Hiddo van tafel opgestaan. 'Ik laat je hier niet alleen. Ik weet precies wat er dan gebeurt.' Hij slikte en hurkte bij de haard om de gloeiende houtblokken iets te verschuiven. Zijn vader ging in z'n eentje wél dood van de honger, en van eenzaamheid – maar dat kon hij moeilijk hardop zeggen. Hij zag hem al voor zich in het donkere, koude steenhuis. Hij zou het vuur niet stoken, om het laatste hout te sparen. Nu ging hij nog elke dag op zoek naar eten, omdat hij bezorgd was over Hiddo. Maar of hij dat voor zichzelf zou doen?

'Was je moeder er nog maar,' zei zijn vader met een zucht. 'Dan zou alles anders zijn.'

Hiddo blies hard in het vuur om de opkomende tranen te onderdrukken. Zijn lieve moeder... Zij was altijd vrolijk en zag overal de zonnige kant van in. Haar beeld stond hem helder voor ogen. Het grote blauwe jak over die nog grotere buik, haar donkerblonde haar weggestopt onder de witte muts, kringen onder haar ogen van vermoeidheid. Zelfs toen ze niet meer ver kon lopen omdat ze zo zwaar was, waren haar handen altijd bezig, met breien of met spinnen. Hiddo hoorde haar weer zacht zingen voor de baby's in haar buik.

'Ik ben bang van niet,' zei hij toen zacht. 'Zij had de oplossing voor onze problemen ook niet geweten. En we hadden voor haar ook geen eten gehad, en dan had ze de tweeling niet kunnen voeden.'

Moeder was bij de bevalling van de tweeling gestorven en daarna hadden vader en hij de twee baby's naar een voedster gebracht, bij een zus van zijn moeder die in Midwolda woonde. Sindsdien had Hiddo zijn kleine broertje en zusje niet meer gezien.

'We mogen de moed niet opgeven, vader. Ook al is iedereen vertrokken of overleden. We moeten samen blijven en voor die twee kleintjes zorgen. Zodra ze zonder voedster kunnen, halen we ze weer op.'

Maar ondanks al Hiddo's protesten zijn ze nu onderweg naar Oosterreide.

Zijn vader wijst. 'Daar gaan we de Westerwoldse Aa over.' In de verte rijst een steenhuis op. Het tekent zich scherp af tegen de grijze lucht, met wat onduidelijke bulten eromheen. Dat zullen huizen zijn. 'Die hoofdeling daar heeft een veer, dat weet ik.' Hij kijkt Hiddo niet aan. En op dat moment smelt Hiddo's boosheid weg. Zijn vader vindt het net zo erg als hij. Hij kan hem niet kwalijk nemen dat hij hem wegbrengt, ook al neemt hij daarmee de verkeerde beslissing. Zijn vader is wanhopig en dat is precies de reden dat Hiddo hem niet alleen kan laten.

Hiddo knikt. 'Het is te hopen dat het niet gaat sneeuwen.' Hij maakt een hoofdbeweging naar de grijze wolken die zich boven hun hoofd verzamelen.

Stapvoets naderen ze het steenhuis. Ze moeten hun paarden niet te veel vermoeien. Ook zij hebben weinig te eten gehad de afgelopen periode. Maar voor hen en de koeien is er nog hooi. Ondanks de vochtigheid van de grond is het nog wel gelukt om gras te maaien en te drogen de vorige zomer. Een geluk bij een ongeluk.

'Deze hoofdeling heeft wél voor zijn mensen kunnen zorgen,' stelt zijn vader vast. Hiddo knikt. Uit de eenvoudige huizen rond het steenhuis stijgt rook op. Hij knijpt zijn handen samen rond de teugels. Dat was de ultieme vernedering van zijn vader geweest, dat alle mannen van zijn legertje vertrokken.

'De haveroogst is mislukt,' had Gerko gezegd. 'Ik neem de mannen mee. Kijken of we een ander onze diensten aan kunnen bieden.'

Zijn vader was opgestaan en had met zijn hand op de tafel geslagen. 'Jullie zijn geen dagloners! Dat die van de zomer al weggingen, daar hadden ze gelijk in. Zo is hun bestaan. En dat de kleine boeren vertrokken... Ik ben het er niet mee eens dat ze gingen, al begrijp ik het wel. Zij zijn misschien nu beter af bij hun familie. Maar wij hebben trouw aan elkaar gezworen. Jullie vechten voor mij en ik zorg voor jullie.'

Gerko keek hem aan. In zijn blik lag medelijden. Medelijden met zijn vader! Hiddo wordt misselijk als hij daar weer aan denkt. Zijn vader was tot op dat moment de sterke en stoere hoofdeling, die door zijn mannen tot het bittere eind gevolgd en vertrouwd werd. Zijn hoofdhaar was opgeschoren tot een dreigende hanenkam; hij had de hardste spieren, reed het snelste paard en had de grootste mond. Hij had alle gevechten gewonnen die uit vetes met andere hoofdelingen waren voortgekomen de afgelopen jaren. Hij had als enige in de verre omtrek een ongeschonden uiterlijk. Nog nooit had iemand hem een oor afgehakt of een oog uitgestoken. Zijn vader was

9

onoverwinnelijk. Met zo'n hoofdeling had je geen medelijden.

'We gaan. Ons salaris mag je houden.' Met een hoofdknik verliet Gerko de zaal. Dat was een rotopmerking. Zijn vader zou het salaris ook niet kunnen betalen op dit moment. Toen klonken er donderende paardenhoeven.

'Ze zeggen je niet eens gedag!' Hiddo had geen hand op zijn vaders schouder durven leggen. Dat had de vernedering alleen maar erger gemaakt.

Zijn vader had geprobeerd die weg te praten. 'We zijn niet de enigen die dit jaar een mislukte oogst hebben, maar het is veel erger geweest. In 1272 was er een grote hongersnood in het hele land. Ik heb gehoord dat er toen ook mannen waren die bij hun hoofdeling weggingen, maar nu...' Hij klemde zijn kaken op elkaar.

Ze komen steeds dichter bij het steenhuis en ineens schiet Hiddo iets te binnen.

'Vader, we kunnen ook aan deze hoofdeling vragen of hij onze koeien wil kopen. Dan kunnen we het samen volhouden tot de zomer.' Hiddo draait zich in zijn zadel naar zijn vader. Dat is een nieuw plan. Daar hebben ze het nog niet over gehad.

Zijn vader glimlacht treurig. 'Daar heb ik al over nagedacht. Als het geld op is dat we daarvoor krijgen, hebben we niets meer. Twee koeien zijn drachtig. Straks krijgen ze twee kalveren. Als we die op de meimarkt verkopen, levert het geld op én dan hebben we nog lange tijd melk om kaas van te maken. Wat we niet zelf opeten kunnen we op de markt verkopen. De koeien moeten we in ieder geval houden.'

Daar zit wat in. De paarden verkopen dan? Hiddo kijkt naar het schonkige dier waar zijn vader op zit. Ondanks de droevige situatie grijnst hij. Wie wil dat lelijke dier hebben? Bovendien ze zijn niet de enigen die het nu slecht hebben. Die paarden leveren op dit moment niets op en zonder die dieren kunnen ze helemaal geen kant meer op. Hij kan geen andere oplossing bedenken, al weet hij nog zo zeker dat dit het ook niet is. Waar er één honger lijdt, kunnen dat er ook twee. Daar blijft hij bij.

Rondom het steenhuis lijken de lemen huizen bij elkaar

bescherming te zoeken tegen de harde wind. Bij een ervan scharrelt een oude vrouw op het erf. Ze bindt een geit een touw om de nek en trekt haar vervolgens achter zich aan. 'Hup, meisje. Als je hier blijft, krijg je in ieder geval niets te eten. Kom! We gaan op zoek naar verse sprietjes gras!'

Nog zo'n wanhopige hongerlijder. Als je voor je dieren geen eten meer hebt, moet je ermee naar buiten.

Als de vrouw de hoeven van hun paarden hoort, kijkt ze op. Verrast blijft ze staan. 'Op reis in de harde maand, heer? Dan heeft u dringende zaken. Elk verstandig mens blijft nu zoveel mogelijk binnen totdat het voorjaar wordt.'

Hiddo klakt met zijn tong. Doorrijden moeten ze, en niet naar de praat van oude vrouwen luisteren. Dat is het laatste waar hij zin in heeft. Maar zijn vader houdt zijn paard in en knikt droevig.

'Gisteren hebben we onze laatste haver opgegeten. Ik breng mijn zoon naar mijn broer. Die is pastoor in Oosterreide. Hopelijk heeft die nog wel te eten voor hem.'

De vrouw schudt vol medelijden haar hoofd. 'Wat een ellende, wat een verdriet. Het zijn rare tijden, dat zeg ik u. Niets is meer zoals het moet zijn. De grond is vochtig, de winters zijn hard. Welke boer houdt dat nog vol?'

'Zo anders dan anders is het niet,' bromt Hiddo. 'Honger is iets van alle tijden.'

Ineens priemt de vrouw haar vinger in de lucht. Met een scherpe blik kijkt ze Hiddo aan. 'Ik ben een oude vrouw. Ik heb heel veel meegemaakt, maar wat er nu gebeurt is anders. Ik zal je zeggen wat ik de vorige week heb gezien...'

Ze buigt zich naar Hiddo toe en legt haar hand op de hals van Elke, zijn paard.

'Op een tak in de boom achter mijn huis zat een zwarte raaf...' fluistert ze.

Hiddo wijkt onwillekeurig terug. De raaf is een teken van de dood. Dan vermant hij zich. Het mens is oud, dus ze zal binnenkort wel een keer doodgaan. Wat heeft hij ermee te maken?

De ogen van de vrouw fonkelen onheilspellend. 'Ik weet wat je denkt... maar ik ben nog niet klaar. De raaf voedde zijn jongen. En die jongen waren spierwit...'

Nu kan Hiddo zich er niet meer voor afsluiten. Er trekt er een rilling over zijn rug. De vrouw heeft gelijk. Dit kan niet anders dan een teken zijn. Een raaf met twee witte jongen...

'We gaan!' Hiddo's vader spoort ongeduldig zijn paard aan. Hij kijkt somber voor zich uit en doet alsof de oude vrouw lucht is. Ook hij moet onder de indruk zijn van dit verhaal over een vreemd verschijnsel.

Elke stapt gewillig achter hen aan. En Hiddo trekt zijn schouders samen, in de hoop dat hij het zo warmer krijgt.

'De tijden veranderen...' roept de vrouw nog achter hen aan.

Het veer over de Westerwoldse Aa is eenvoudig en doeltreffend. Er ligt een vlot in de stroom en er is een stevig touw overheen gespannen. Het vlot is met een losse lus aan het touw verbonden, én met twee touwen aan de weerszijden van het riviertje. Zo kunnen reizigers zich zelf naar de overkant helpen.

'Ik ga eerst,' zegt Hiddo's vader. 'Dan kan ik je laten zien hoe werkt.' In stilte trekken ze zich om beurten naar de andere zijde. Daar stijgen ze weer te paard.

Die oude vrouw heeft het laatste restje van Hiddo's goede humeur verpest. En terwijl hij achter zijn vader aan rijdt, probeert hij te bedenken waar dat aan ligt. En dan ineens weet hij het: door het verhaal van de vrouw lijkt het alsof je zelf geen enkele invloed hebt op wat er gebeurt. Er verschijnt een zwarte raaf met twee jongen... en de toekomst ligt al vast, zonder dat je er iets aan kunt doen. En dat is precies waarom hij vanochtend zo boos op zijn vader was. Zelfs al gebeuren er vreselijke dingen, je moet toch proberen er zelf wat van te maken. Dat is het.

Hiddo gaat rechtop in zijn zadel zitten. Hij spoort Elke aan en gaat naast zijn vader rijden. 'Zodra het kan, kom ik terug. En dan maken we er samen het beste van. We zaaien opnieuw in. Dat de oogst vorig jaar mislukt is, wil niet zeggen dat dat nu weer gebeurt. En we hebben de koeien nog. Met zijn tweeën hebben we niet veel nodig. Dat betekent dat we in verhouding meer kaas kunnen maken en verkopen.'

Zijn vader kijkt hem aan en glimlacht. 'Dat is goed. Maar tot het voorjaar moet je bij mijn broer Klaas blijven.'

12

Hiddo weigert hem te antwoorden en staart in de verte.
'Is dat Medum dat daar ligt?' vraagt hij.

Weetje

In Groningen en Friesland was het in de middeleeuwen anders dan in andere delen van ons land. Er waren geen echte ridders, maar er waren hoofdelingen. Dat waren boeren die rijker waren dan andere en daardoor meer te zeggen hadden. Ze waren eigen baas en hoefden niet naar iemand te luisteren. Ze kozen uit hun midden jaarlijks een *redger*, een rechter die recht sprak. Je kon alleen redger worden als je tot bepaalde hoofdelingenfamilies behoorde.

Wat is precies het verschil met ridders?

Ridders hadden hun kasteel en landgoederen in leen van een graaf, een hertog of een koning. Zij mochten het land gebruiken en in ruil daarvoor moesten ze de eigenaar van het land gehoorzamen, belasting betalen en bijstaan in tijden van oorlog. Zij moesten dus wél naar iemand luisteren en zij hadden verplichtingen.

Hoofdelingen hadden waarschijnlijk geen uitgebreide wapenuitrustingen, anders dan de ridders uit die tijd. Er is daar namelijk bijna niets van teruggevonden bij opgravingen. Ook zijn er weinig zwaarden opgegraven. Bij Godlinze is een 9e-eeuws grafveld opgegraven met meerdere zwaarden. In 1998 is in de Oude Boteringestraat in de stad Groningen een zwaard opgegraven van rond 1300, dus uit de tijd van dit verhaal. Er is ook een zwaard in Winsum gevonden dat van een latere tijd is.

IJzer was in die tijd erg kostbaar. Dus als er iets stukging, werd het gesmolten en opnieuw gebruikt. Maar het is ook mogelijk dat hoofdelingen niet zo heel veel zwaarden hadden. Ze vochten met alles wat ze in huis hadden en zetten daarbij desnoods een pan op hun hoofd.

Oom Klaas

14 Hier lijkt de wind nog harder te waaien dan thuis, toen ze vertrokken. Hard blaast hij de dunne sneeuw recht in Hiddo's gezicht, dat gevoelloos is geworden van de kou. In zijn wimpers zijn de tranen van de kou vastgevroren tot harde klontjes. Maar dat is niets vergeleken bij zijn vaders baard. Daarin hangen ijspegels onder zijn neus en op zijn wangen.

Hiddo is één geworden met zijn paard. Hij weet niet meer waar Elkes lichaam begint en waar het zijne eindigt. Zijn hersens zijn uitgeschakeld door de kou en de honger. Blindelings volgt hij zijn vader. Het gevoel voor tijd is hij kwijtgeraakt.

'Hoe lang zijn we al onderweg?' vraagt hij aan zijn vader.

'Dat moet je zelf kunnen bepalen. We zijn er bijna. Dit is de Reiderzijl, waar de Westerwoldse Aa de Eems in stroomt.'

Zijn vader heeft gelijk. Hij heeft het hem zelf geleerd. Als Hiddo naar de lichtval kijkt, kan hij berekenen dat het nu midden op de dag moet zijn. Ze zijn vroeg vertrokken, dus dat kan kloppen. Het is een uur of drie, vier rijden, heeft zijn vader gezegd.

'De noen?'

Zijn vader knikt. Hij houdt zijn paard stil en naast elkaar kijken ze over het water. De slikken glanzen in het grijze winterlicht. Het is moeilijk te zien waar de slikken ophouden en waar de eindeloze vlakte van het water begint. Hiddo had de Westerwoldse Aa al zo breed en indrukwekkend gevonden, maar wat weet hij van de wereld?

'Ben ik wel eens zover van huis geweest? Ik kan het me niet herinneren.'

Zijn vader haalt zijn schouders op en spoort zijn paard aan. 'De laatste keer dat we eropuit gingen was naar Midwolda. Toen we de tweeling naar je oom en tante brachten.'

'Dat was nog geen uur rijden,' antwoordt Hiddo en hij rilt.

Die reis staat in zijn geheugen gegrift. Ze hebben zich daarna in het steenhuis verschanst als gewonde dieren in hun hol.

Zijn vader knikt in de richting van het dorp. 'Dat is Oosterreide, waar oom Klaas pastoor is.' Langzaam sjokken hun paarden in de goede richting, alsof hun ledematen ook verstijfd zijn van de kou.

Wat een dorp. De luiken van de huizen zijn gesloten, nergens is een mens te zien. Jou hoeven we niet, lijkt het dorp te zeggen. Weer zo'n vreetzak erbij. Dan schudt hij onwillekeurig zijn hoofd: zo moet hij niet denken. De luiken houden de wind tegen en wat zouden mensen ook in deze kou buiten moeten?

Tegen de kerk aan is een eenvoudig huis gebouwd. En ook daarvan zijn de luiken gesloten. Hier woont oom Klaas. Een golf van wanhoop slaat door Hiddo heen. Nu hij voor de deur staat, lijkt er geen weg meer terug. Hij wil hier niet blijven, ook al is oom Klaas nog zo aardig. Hij kijkt naar zijn vader en ziet een blik op zijn gezicht, die hij al lang niet meer gezien heeft. Het glanst van hoop en liefde.

Hiddo slikt en hij laat zich gelijk met zijn vader uit het zadel glijden. Hij doet dit voor hem, niet voor zichzelf. Zijn vader staat in twee stappen voor de deur en klopt hard. 'Klaas!'

Onmiddellijk zwaait de deur open. Een lange man met dun rossig haar heeft zijn armen om zijn vader geslagen, voordat hij erg in heeft. 'Jannes, zo'n reis in die kou...' Dan ziet hij Hiddo. 'Is dat Hiddo? Wat gaat de tijd snel.'

In zijn stem klinkt een mengeling van ernst en weemoed. Hiddo ziet aan de blik van zijn oom, dat die in een oogopslag begrijpt dat hun situatie ernstig is.

'Jongen, zet jij jullie paarden binnen? Aan de achterkant van het huis is een deur. Geef ze hooi en water, je vindt het wel.'

De deur brengt Hiddo aan de achterkant het huis binnen. Daar is een ruimte die met een halve houten wand van de rest van het huis gescheiden is. Er staan een paard, een koe en twee geiten, maar er is nog ruimte genoeg voor hun eigen paarden. Hiddo legt hun zadels over de houten wand en vult de ruiven met geurig hooi. Gretig duwen de paarden hun neus erin. Eten. Straks krijgt hij ook eten. Nu hij de dieren hoort kauwen kan hij de gedachte eraan niet meer wegdringen, terwijl het hem de uren ervoor zo goed gelukt is. Zijn maag doet pijn van de honger.

Hij legt zijn handen op Elkes rug en haalt diep adem. Hij heeft de afgelopen weken geleerd, dat het belangrijk is om je niet over te geven aan de honger. Zelfs niet als het eten dichtbij is. Door zelfbeheersing blijf je sterk.

Wat is hier nog meer behalve eten? Warmte. De temperatuur in het huis is aangenaam, en dat komt niet alleen door de lijven van de dieren. In het woondeel van het huis ziet hij een vuur branden en oom Klaas zet zijn vader ervoor. 'Zo jongen. Ga lekker zitten. Het is goed zo.' Hij wrijft de handen van zijn broer alsof hij een klein kind is en over de wangen van zijn vader rollen tranen.

Dit kan en wil Hiddo niet aanzien, maar hier tussen de dieren ziet en hoort hij alles. Naar buiten moet hij, ook al is het daar koud en ook al is daar geen eten. Met zijn schouder duwt hij de deur open en hij rent naar buiten. Daar haalt hij diep adem, terwijl hij tegen de buitenkant van de deur leunt. Hij gaat niet naar binnen voordat zijn vader zich weer hersteld heeft.

Op zijn tenen wippend loopt Hiddo om het huis. Hij hoopt dat hij zo het bloed weer kan laten stromen in die gevoelloze uitsteeksels. De kerkdeur staat op een kier. Binnen vindt hij in ieder geval bescherming tegen de wind. Voorzichtig duwt hij hem open en kijkt om de hoek. De kerk is leeg. Het licht is geel en vaag door de varkensblazen die voor de ramen gespannen zijn. Natuurlijk kunnen ze de wind niet helemaal uit de kerk houden, maar het is hier beter dan buiten.

Hiddo wil niet denken aan het gesprek dat in het huis gevoerd wordt, maar steeds weer ziet hij het beeld van zijn huilende vader voor zich. Niet doen. Hij gaat de schilderingen van de kerk bekijken. Hardop benoemt hij de taferelen die hij ziet. 'Maria met het heilige kindje Jezus. Deze kerk is vast aan haar gewijd.' Hij stampt met zijn voet. Wat loopt hij te bazelen. Dit helpt niets.

Op het altaar ligt een boek, een misboek. Gelukkig kan hij lezen. Dat heeft hij van de pastoor van Beerta geleerd, als enige jongen van het dorp. Hij is immers de zoon van de hoofdeling. Hiddo doet het misboek open en voorzichtig slaat hij de bladzijden om. Boeken zijn kostbaar. Maar de gebeden kunnen zijn aandacht niet vasthouden en zijn ogen glijden zonder te lezen over de pagina, totdat hij de laatste bladzijden ziet.

Daar is een ander soort tekst geschreven in een ander handschrift. Het is gelijkmatig, maar niet zo versierd. Alsof het veel later is toegevoegd.

De profetie van Jaarfke staat erboven. Wat is een profetie ook alweer? Hiddo graaft in zijn hersens. Hij heeft dat woord eerder gehoord. Voorspelling! Dat is het. Is Jaarfke iemand uit de Bijbel? Nee, dat zal niet. Hij heeft die naam nooit van de pastoor gehoord. Hij klinkt ook niet vreemd zangerig zoals de namen uit de Bijbel maar meer krachtig en stoer, als een naam uit de Friese landen. Misschien is het wel een man uit Reiderland of Oldambt.

Al wat land is, zal water worden, leest Hiddo. Hij ziet de hoeven van zijn vaders paard voor zich, soppend in het vochtige land. Kippenvel trekt over zijn armen en zijn rug. Nee, dat zou sterk zijn als dat er iets mee te maken heeft. Dat water uit de voorspelling komt vast niet uit de bodem omhoog. Wat zegt deze Jaarfke nog meer?

Zij die de dijken en zijlen moeten onderhouden, krijgen ruzie. En daardoor vergeten zij hun taken. De dijk zal breken bij Jansum en de Eems zal het land overstromen. Niet eens, maar meerdere malen. Zeven jaren lang en zo zal de Dollard ontstaan.

Jansum! Dat is hier vlakbij!

De volgende dorpen en steden zullen verdwijnen: Stokdorp, Houwingaham, Reiderwolde, Torum... Hiddo's ogen vliegen over de regels. *De kloosters Palmar en Goldhoorn...*

Als de vreemdeling komt van overzee, zal het water veel schade toebrengen en de mensen arm maken. Het zal van jaar tot jaar erger worden, tot het Reiderland vernietigd is.

Hiddo slaat zijn handen voor zijn mond om het niet uit te schreeuwen van schrik. Zijn ademhaling gaat ineens heel snel.

Eten is niet meer belangrijk, zijn huilende vader doet er niet meer toe, als dit waar is. Er wordt hier een ramp aangekondigd!

Dan denkt hij aan zijn oom. Die lange magere man heeft dit misboek elke dag in handen. Als er echt iets aan de hand zou zijn, had hij vast allang alarm geslagen. Voorspellingen kunnen over de verre toekomst gaan. Wie zegt dat dit binnenkort zal gebeuren?

Niet in paniek raken. Hij is te snel van zijn stuk gebracht. Dat komt door het gebrek aan eten en doordat hij moe is na de urenlange tocht.

Hij leest verder, op zoek naar een geruststelling. *Als een raaf twee witte jongen zal voeden in de Harde Maent...*

Even lijkt zijn hart stil te staan. Hij slaat het misboek dicht. Waar is zijn oom? Dit moet hij onmiddellijk met hem bespreken! Met het boek in zijn hand loopt hij de kerk uit, door de dunne laag sneeuw naar het huis van zijn oom.

Met één hand doet hij de deur van het huis open en dan staat hij binnen. 'Oom Klaas!'

'Deur dicht! Zo krijgen we het hier nooit warm!' Oom Klaas staat met zijn rug naar hem toe naar het vuur gebogen. Hij legt er zorgvuldig een stuk gedroogde turf op.

'Jongen, ik heb dan misschien meer te eten dan jullie, maar het geld groeit me niet op de rug!' bromt hij en dan pas draait hij zich om. In één stap staat hij bij Hiddo en hij neemt hem het misboek af. 'Je hebt de voorspelling gelezen,' zegt hij zacht en hij trekt zijn wenkbrauwen samen. 'Niet over praten, niet nu. Dat doen we als je vader vertrokken is. Hij kan niet veel meer verdragen.'

Hiddo kijkt over de schouder van zijn oom en ziet zijn vader zitten. Hij slaapt. Nu pas ziet Hiddo hoe zijn vader de afgelopen tijd ook uiterlijk veranderd is. Zijn kleren zitten hem veel te ruim, het ooit blozende volle gezicht is ingevallen. Onder zijn ogen heeft hij zwarte kringen.

'Hij wil straks al weer terugrijden, omdat hij zich zorgen maakt over jullie koeien,' fluistert oom Klaas. 'We moeten zorgen dat hij na zijn dutje goed eet. Later hebben we alle tijd om het rustig over de voorspelling te hebben.'

'Maar...' Hiddo wil hem vertellen van de raaf en de witte jongen. Dan zal zijn oom wel anders piepen.

Oom Klaas schudt zijn hoofd. 'Later. Help me eerst maar met het eten.' Hij wijst op een kist die bij de houten scheidingswand staat. 'Daar zitten wortels in. Haal er maar twee stevige uit en maak ze buiten schoon met wat sneeuw. Dan snijd ik ze in stukken en dan kunnen ze nog even meestoven.' Hij knikt naar de pot boven het vuur waar een heerlijke geur uitkomt.

'Jullie hebben geluk. Gisteren bracht een boer van verderop me een stuk spek. Dus we eten ook nog vlees vandaag.'

De maag van Hiddo begint zo hard te rommelen, dat hij zich ervoor schaamt. De geur maakt dat hij alleen nog maar aan eten kan denken. Of Reiderland nu binnenkort zal vergaan of niet.

Weetje

Eens in de zoveel tijd staat er iemand op die zegt te weten wat er te gebeuren staat, of er wordt een tekst gevonden waarin de toekomst voorspeld wordt. Zo'n voorspelling wordt ook wel een *profetie* genoemd. Een profetie kan paniek zaaien, want het zijn gek genoeg nooit leuke dingen die voorspeld worden.

Er zijn ook oude profetieën waar mensen achteraf naar kijken en er het geschiedenisboek naast leggen. 'Kijk, het is allemaal echt gebeurd! Dan zal de rest van de voorspelling ook nog wel uitkomen,' wordt er dan gezegd.

Nostradamus is een bekende toekomstvoorspeller. Deze Fransman die leefde van 1503 tot 1566 zou de wereldoorlogen voorspeld hebben, Hitler, Napoleon en het terrorisme in Europa. Er zijn mensen die hem geloven, en er zijn mensen die dat niet doen. De laatsten vinden zijn voorspellingen veel te vaag en ze zeggen dat ze op allerlei manieren uit te leggen zouden zijn.

De profetie van Jaarfke bestaat echt. De zinnen uit dit hoofdstuk komen daar voor een deel uit. Het is niet helemaal duidelijk over welke periode Jaarfke nu precies zijn voorspellingen deed. De oudste druk van het boek waar de voorspelling in staat, is uit 1725, maar het is zeker dat er veel oudere drukken zijn geweest.

Vroeger dacht men, dat Jaarfkes voorspellingen te maken hadden met de overstroming van Reiderland in 1277. Nu lijkt het logischer dat Jaarfke het over een veel latere tijd had, toen hij zei dat het land zou overstromen. De gebeurtenissen die in zijn voorspelling voorkomen, lijken op dingen die in de 15^e eeuw gebeurd zijn.

Het is ook niet duidelijk wanneer Jaarfke precies geleefd heeft en zelfs niet of hij wel echt heeft bestaan. Zijn voorspelling zou gevonden zijn in een misboek in de kerk van Oosterreide en van daaruit overgebracht naar Pogum en daar gekopieerd naar andere boeken.

Een vreemdeling van overzee

'Wat wou je er dan aan doen?' Oom Klaas loopt achter hem en tussen zich in dragen ze een slikslee. 'Er staat toch nergens in de voorspelling wat de oplossing is?'

'Wel!' Hiddo draait zijn hoofd en schreeuwt tegen de wind in, om te zorgen dat oom Klaas hem hoort. De voorkant van de slikslee drukt tegen zijn billen. Dat ding is nog behoorlijk zwaar. 'Er staat dat de dijken en zijlen verwaarloosd worden omdat er ruzie is. Dan kunnen we toch zorgen dat er geen ruzie komt?'

'Grapjas!' Ondanks de wind hoort Hiddo de lach in zijn stem. 'Ruziënde hoofdelingen luisteren niet naar mij, dus al helemaal niet naar jou. Toen ik de voorspelling voor het eerst las, ben ik me rot geschrokken. Net als jij nu. Te paard ben ik alle hoofdelingen in de omgeving afgegaan om ze te waarschuwen. Maar wat ik ook deed, ze luisterden niet. Ze veegden de voorspelling van tafel alsof het onbeduidend geraaskal van een dwaas was. Dat jij die oude vrouw hebt gesproken over de raaf en haar jongen, verandert er niets aan. Er zal niemand naar je luisteren. Als die voorspelling uitkomt, zien we tegen die tijd wel wat we kunnen doen. Tot dat moment houden we ons bezig met belangrijker zaken.'

Sliksleeën zeker. Het klinkt reuze lollig, maar Hiddo kan zich er niet veel bij voorstellen. Hij had zo'n ding nog nooit eerder gezien. Het is een platte houten bak met een soort rek in het midden. Volgens oom Klaas is dit de redding van de bevolking van Oosterreide. Met de slikslee kunnen de vissers hun fuiken bereiken of ze kunnen er bot mee prikken. Oom Klaas beweert dat dat de meest voedzame vis is die je vanuit Reiderland kunt vangen. Daarom kan de hongersnood hen niet treffen. Het zal hem benieuwen.

Ze klimmen de glooiende dijk over en dan ziet Hiddo de slikken weer. Geleidelijk gaat het groene land over in de grijze klei van de slikken. Maar dat is niet het meest indrukwekkend. Het groen is nauwelijks te zien door de ganzen. Duizenden moeten het er zijn. Ze grazen op het groen, drijven op het water verderop. Hiddo's mond valt open. Stel je voor dat ze in Beerta zoveel ganzen hadden gehad! Dan hadden ze nooit honger hoeven te hebben. Nu begrijpt hij pas goed, waarom zijn vader hem hierheen wilde hebben. Hier is altijd wel iets te eten, of je oogst mislukt is of niet.

Oom Klaas knipoogt naar hem. 'Reiderland, het land van melk en honing. Of moet ik zeggen van ganzen en bot?'

Hij wijst waar ze het best de slikken op kunnen gaan. 'Ik doe het je voor. Dan moet jij op de slee de slikken op, want jij bent lichter dan ik. Je moet zo ver mogelijk gaan. De bot trekt zich in de winter terug in dieper water, dus hoe dichter je bij de rivier bent hoe meer kans je maakt. De zomer is de beste tijd om bot te prikken, maar je weet maar nooit. Als jij vis vangt, zal ik kijken of ik een gans kan verschalken. Dan kunnen we weer even vooruit.'

Hiddo had zich de eerste dagen bij oom Klaas gevangen gevoeld en hij had rondjes gedraaid in zijn hoofd, almaar rond de gedachte hoe hij Reiderland én zijn vader tegelijk kon redden. En hoe hij weer zo snel mogelijk terug kon. Aan oom Klaas had hij niets. Die had hem verteld dat hij de voorspelling kende. Hij had zich erbij neergelegd omdat er toch niets aan te doen was, zei hij.

Na drie dagen had Hiddo zich overgegeven. Het eten bij oom Klaas was te verleidelijk. Hij at en sliep alleen nog maar, uren achter elkaar.

Nu zijn ze voor het eerst samen op pad. Onderweg hierheen is oom Klaas voor het eerst weer op de voorspelling teruggekomen, maar daar is Hiddo niet veel mee opgeschoten. Het is natuurlijk fijn dat zijn oom de voorspelling toch ook serieus neemt, maar als hij niets meer wil doen...

Hiddo glijdt verder en verder met zijn slee de slikken op. Hij heeft nog geen vis gezien, maar wat geeft het? De zon schijnt voor het eerst sinds weken. De stralen verwarmen zijn gezicht en schitteren in het water op de slikken. Even doet hij zijn ogen dicht en haalt hij diep adem. Heerlijk is dit. Het zijn de eerste tekenen van het voorjaar, van hoop op een nieuw begin.

Ineens wordt de rust verstoord. De ganzen schreeuwen luidruchtig alsof ze elkaar waarschuwen voor gevaar. Hiddo doet zijn ogen weer open. Ongemerkt is hij dicht bij de rivier gekomen! Er trekt een rilling over zijn rug. Als hij nou nog zou kunnen zwemmen... Maar dat kan niemand die hij kent.

Dan ziet hij het gevaar waar de ganzen over roepen. Niet ver bij hem vandaan zeilt een schip dat een spoor trekt tussen de opvliegende ganzen. Het is geen eenvoudige boot van een visser of een handelaar. Drie masten telt hij en wat een vlaggen! *Als de vreemdeling komt van overzee...* Ineens is de voorspelling er weer. Hij hoort de zin zo helder alsof iemand het misboek voorleest in zijn oor. De ramp uit de voorspelling kan elk moment plaatsvinden en hij glijdt hier een beetje met een slee over de slikken! Nu is het klaar. Hij gaat terug naar de wal en gaat die vreemdeling achterna. Wat oom Klaas er ook van zegt.

Hij keert de slee, rent, zet af en glijdt. Steeds weer zet hij af met zijn rechterbeen, de linkerknie gebogen op de slee totdat hij terug is bij de groene kant.

'Wat is er aan hand? Is er brand?' Oom Klaas draagt twee dode ganzen aan een touw om zijn nek. Met zijn lange benen is hij razendsnel bij hem.

'Als de vreemdeling komt van overzee,' zegt Hiddo hijgend en hij wijst naar het schip dat van hieruit veel minder duidelijk te zien is. 'Het is geen visser of handelaar, echt niet! Dit is een vreemdeling. Hartstikke rijk, dat kun je aan het schip zien en aan de vlaggen die het schip voert. Ik wil weten hoe en waar dat schip aan land komt. We moeten iets doen, oom Klaas! Die voorspelling ligt hier niet voor niets. Degene die hem voor u achterliet, rekende erop dat u er iets aan zou doen. Dat weet ik zeker.' Woest trekt Hiddo de slee op het groen.

Oom Klaas haalt zijn schouders op en zucht. 'Ik blijf het onzin vinden, jongen. Maar vooruit. Dat schip vaart vast naar Termunten. Als we snel zijn, kunnen we het schip daar aan zien komen. Hier. Neem jij de ganzen.' Hij hangt de dieren om

Hiddo's nek. 'Ga naar huis. Hang ze daar aan een spijker, dan plukken we ze vanmiddag. Zadel onze paarden en kom me dan weer ophalen. Ik trek ondertussen de slee zo ver mogelijk in de richting van huis.' Hij slaat een touw om het houten rek en knikt hem toe. 'Toe dan!'

Even aarzelt Hiddo. Moet hij oom Klaas die slee alleen laten trekken?

Die grijnst. 'Totdat jij kwam deed ik dit altijd alleen, jongen. Dus nu lukt het me ook wel!' Om het te bewijzen geeft hij een flinke ruk aan het touw.

Hiddo rent zo hard, dat zijn voeten nauwelijks de grond raken. Hij vliegt. Hij kan iets doen! Hij zal Reiderland redden, wat er ook gebeurt.

Elke briest als hij de stal binnenkomt. In één beweging zwaait hij het zadel op haar rug. Waar is het zadel van oom Klaas? Daar, op de houten wand. De oude merrie van zijn oom laat hem het zadel opleggen en een hoofdstel omdoen. Nu nog het hoofdstel van Elke... Klaar! Hij leidt de paarden naar buiten, springt in het zadel en galoppeert terug naar de Eems, met de merrie van oom Klaas achter hem aan.

De ogen van oom Klaas twinkelen als Hiddo buiten adem voor hem stilstaat. 'Staat je enig, die dode ganzen! Ik begrijp dat je de meisjes van Termunten daarmee het hoofd op hol wil brengen.'

Stom! Hiddo voelt zich warm worden. Hij is de dieren helemaal vergeten, ook al zitten ze hem behoorlijk in de weg.

'Laat maar,' wuift oom Klaas. 'Leg ze voor je zadel, dan heb je er minder last van. Dan gaan we nu die vreemdeling van je eens bekijken.'

Oom Klaas geeft nog een ruk aan de slikslee en kijkt om zich heen. Dan knikt hij. 'We halen hem straks wel op.' Hij bestijgt rustig zijn paard, alsof ze alle tijd hebben. Hiddo bijt op zijn lip. Niks zeggen. Dat helpt geen zier, zo goed kent hij zijn oom inmiddels wel. Die doet alles in zijn eigen tempo. Hiddo mag al blij zijn, dat hij zijn plannen voor hem laat varen.

Stapvoets rijden ze naar de Reiderzijl. 'Galopperen heeft

geen zin op zo'n klein stukje,' vindt oom Klaas. 'Tegen de tijd dat ik die knol van mij in beweging heb, moet ik haar al weer inhouden.'

Stapvoets is best, maar dit... Het lijkt wel kruipen!

'Tegen de tijd dat we in Termunten zijn, is die vreemdeling allang weer weg.' Hiddo kan het niet laten.

'Nee hoor. Wij moeten hier de zijl oversteken, maar die vreemdeling van jou moet door het Termunterzijl. Dat duurt wel even. Dat heb ik vaak genoeg gezien. Nu we toch gaan, wil ik dat schip ook niet mislopen.'

Hiddo is er niet gerust op. Hij leidt Elke als eerste over de zijl. Het is een soort brug met een huisje ernaast. De vorige keer dat hij hier met zijn vader was, heeft hij meer op het water gelet dan op de zijl. En wat had hij het toen koud! Het is in de afgelopen dagen gelukkig een stuk zachter geworden. En die honger van toen... Dat is het fijne van de afgelopen dagen, dat hij zo goed gegeten heeft.

'Woont daar iemand?' Hiddo knikt naar het huisje. Klaas schudt zijn hoofd en fluistert tegen zijn paard en klopt vriendelijk op haar hals. Het dier wordt duidelijk nerveus van het geluid van de hoeven op de houten brug.

Pas als ze aan de overkant zijn, geeft hij antwoord. 'Dit is zo'n zijl waar de voorspelling het over heeft.' Ineens kijkt hij ernstig. 'De Reiderzijl is de bescherming van Reiderland, samen met nog een paar andere zijlen en dijken. Als het stormt en de wind uit het noordwesten komt, stuwt de zee de Eems hoog op. Het water zoekt een uitweg het land en de riviertjes in, bijvoorbeeld de Westerwoldse Aa. De dijken moeten ervoor zorgen dat de Eems niet over het land stroomt, en de zijlen dat die niet de riviertjes in gaat. In dat huisje zitten de schotten, waarmee de Westerwoldse Aa kan worden afgesloten. Die zorgen er dus voor dat de Eems daar niet in komt. Als de dijken en de zijlen stevig zijn, kan ons niets gebeuren. Die schotten worden regelmatig nagekeken en dat is na zo'n storm heel belangrijk. Soms is de wind zo sterk, dat de Eems de schotten kapot beukt.'

'Oom Klaas, je zei net dat de vreemdeling door het Termunterzijl moet. Hier kan je toch niet met een boot doorheen?'

Oom Klaas schudt zijn hoofd. 'Dat is een ander soort zijl. Het is eigenlijk een sluis. Op twee plaatsen staan er houten deuren in het water. In de ruimte ertussen wordt het hoogteverschil tussen het water geregeld. Een schip vaart eerst door de eerste deur. Die sluit vervolgens het water af waar het schip vandaan komt. Dan opent de tweede deur langzaam. Daardoor stijgt of zakt het water in de tussenruimte. Het schip komt op gelijke hoogte met het water waar het heen vaart. Daarna kan het doorvaren.'

Oom Klaas rijdt weg van het huisje. 'Jij maakt je druk voor niks. Jij denkt dat dit schip de vreemdeling van overzee brengt, maar volgens mij komt dat schip gewoon van de overkant van de Eems. Niets aan de hand dus.

En zelfs als de voorspelling waar is, geloof ik niet dat we er iets aan kunnen doen. Het is immers geen waarschuwing, die wil zeggen dat je dingen anders moet doen. Het is een voorspelling, die zegt dat het in ieder geval gaat gebeuren. Dan moet je het maar laten komen zoals het komt. Je moet daarna een manier bedenken, hoe je het beste met de nieuwe situatie om moet gaan.'

Wat lijkt oom Klaas op zo'n moment op zijn vader. In hun wijsheid willen ze zich niet verzetten tegen de dingen die gebeuren. Zou het in de familie zitten? Hiddo heeft er in ieder geval geen last van. Als zijn oom hem niet wil helpen...

Oom Klaas kijkt eens om zich heen. 'Wat is het mooi weer, hè? Het voorjaar zit al echt in de lucht.'

In de verte duikelt een kievit krijsend over het land. Oom Klaas kijkt zo tevreden alsof hij die kievit persoonlijk uit het zuiden heeft teruggehaald. Hiddo onderdrukt een zucht.

'Zullen we een stukje galopperen?' zegt zijn oom dan. Hij spoort zijn paard aan en ineens vliegt hij Hiddo voorbij. 'Wie het eerst in Termunten is!' roept hij uitgelaten.

Weetje

De Termunterzijl zoals we die nu kennen is in de 16^e eeuw gebouwd. Of er al een zijl
was in de tijd van dit verhaal, weten we niet. De Reiderzijl bestaat niet meer, en de dorpen Oosterreide en Westerreide ook niet. Ze zijn allebei weggespoeld tijdens de grote overstromingen waardoor de Dollard ontstaan is.

De Punt van Reide ligt op de plaats waar ooit die dorpen waren. Het is een natuurgebied; je kunt daar goed naar vogels kijken. Brandganzen overwinteren er graag. Er is een speciaal huisje voor vogelkijkers gebouwd bij het Nieuwe Statenzijl: de Kiekkaaste.

Een echte ridder

'Wie zegt eigenlijk dat die vreemdeling naar Termunten gaat?' Hiddo twijfelt ineens aan het plan van zijn oom. Dat schip moet volgens oom Klaas door een zijl voor het de Termunter Aa op vaart. Maar wie zegt dat de vreemdeling dat doet? Misschien heeft hij zijn schip daar achtergelaten en is hij rechtstreeks naar één van de kloosters hier in de buurt gereden. Of heel ergens anders heen.

'Kijk maar,' zegt oom Klaas en hij knikt in de richting van het dorp. En dan ziet Hiddo het ook. Van alle kanten gaan er mensen in de richting van Termunten, sommigen te paard, anderen te voet. Hiddo's hart slaat een slag over. Zoveel mensen... ze komen op Termunten af als vliegen op een pot stroop. Zie je wel dat dit belangrijk is! Hij is niet de enige die dat denkt. Triomfantelijk kijkt hij naar zijn oom.

'Wat grijns je nou alsof jij gelijk hebt?' lacht die. 'Ik zei toch dat we hierheen moesten!'

De weg naar Termunten gaat omhoog, omdat het dorp op een wierde ligt. Hiddo en oom Klaas rijden door de smalle straten naar de kerk, met de stroom mee. Blijkbaar weten de anderen waar ze heen moeten: naar de centrale plaats van het dorp.

'Nu maar hopen dat de vreemdeling naar Groot Termunten gaat, en niet naar Klein Termunten,' zegt oom Klaas ineens. Hiddo draait zich om in zijn zadel. 'Wat! Kan het tóch een vergissing zijn?' Hij krijgt de zenuwen van oom Klaas.

Die zit licht onderuitgezakt op zijn paard. Heel ontspannen, alsof hij elke dag even naar Termunten rijdt. Hij glimlacht vriendelijk en haalt zijn schouders op. 'Ik denk het niet, maar dit dorp bestaat uit twee delen. Het wordt gescheiden door de Termunter Aa. Dit deel is groter en hier staat de kerk. Dus we zullen wel goed zijn.'

En ze zijn goed. Voor en rond de kerk staan drommen mensen, Het is een chaos. Er wordt geroepen en geschreeuwd. Een paar vrouwen zijn op grafstenen geklommen en houden zich vast aan de schouders van degenen die voor hen staan. Kinderen worden op de nek genomen, en door anderen weer omlaag getrokken. 'Zo zie ik niks!' klinkt het van alle kanten en steeds opnieuw.

De pastoor loopt zenuwachtig heen en weer en dirigeert de nieuwkomers naar een plaats waar ze nog iets kunnen zien. 'Paarden achteraan! Ja, kom maar.' Hij trekt een oud vrouwtje bij haar mouw en duwt haar de menigte in. 'Plaatsmaken voor moei Yfke!' roept hij.

'Broeder, die kant op.' Hij wuift oom Klaas naar een mooie plaats aan de rand van het plein. 'En jij de andere kant op, jongen.' Hiddo krijgt een plaats toegewezen die minder gunstig is. Ver bij zijn oom vandaan. Zijn oom knipoogt naar hem, voordat hij zijn paard naar zijn plekje laat stappen. 'Tja, mannen van de kerk onder elkaar...'

Hiddo haalt zijn teugels aan en voert Elke voorzichtig naar de plaats die de pastoor hem wees.

'Hé, jager! Kijk uit! Die rotknol van jou staat op mijn tenen.' Een jonge man heft dreigend zijn vuist en Hiddo drijft Elke iets verder. Jager? Dan ziet hij de ganzen voor zich in het zadel. Hij was ze alweer vergeten, maar dat is niet erg. Hier hoeft hij niet bang te zijn dat iemand de dieren inpikt. De bevolking van hier kan ze zelf makkelijk genoeg vangen.

Hij komt uit bij een ander straatje dat ook naar het plein voert. Iets verderop staat een paard met een meisje erop. Ze moet de dochter van een hoofdeling zijn, anders was ze te voet. Even blijft zijn blik op haar rusten. Ze ziet er anders uit dan andere meisjes, maar hij kan niet goed benoemen waarom. Het is niet de kleur van het haar of de kleding. Ze lijkt stoerder. Ze houdt haar kin trots in de lucht en ze zit als een man in het zadel. Dan glijden zijn ogen verder. Waar is die vreemdeling? Staat iedereen hier op hem te wachten, of is hij er al?

Een hoorn schalt. Gelijk wordt de menigte muisstil. En dan ziet Hiddo hem. Voor de kerkdeur staat een paard met een ruiter erop. Aan weerszijden van de deur staat een knecht op een

tonnetje. Die knechten alleen al zijn beter gekleed dan welke inwoner van Reiderland die Hiddo ooit gezien heeft – hoofdeling, pastoor, knecht of keuterboer. De knechten dragen een jak dat tot op hun knieën reikt. Daarop is een wapen geborduurd en het glinstert in de zon. Zou het gouddraad zijn? Hiddo kan het zich niet voorstellen. Wie verspilt er zoiets kostbaars aan een stel knechten? De ene heeft een hoorn in de hand, de andere draagt een vlag. Daarop staat hetzelfde wapen als op de borst van de knechten. Het moet het wapen van de vreemdeling zijn.

De vreemdeling. Straalt hij echt zo? Of komt het door de zonnestraal die precies op hem valt? Als de pastoor straks zegt dat deze man door God gezonden is, gelooft Hiddo hem direct. De man en zijn paard vormen een eenheid. Ze zijn op dezelfde manier gekleed. Hiddo kan er geen ander woord voor bedenken: het paard heeft een jurk aan van dezelfde hemelsblauwe kleur als de tuniek van de ridder. En op allebei is het wapen van de ridder geborduurd, met hetzelfde gouddraad als dat van de knechten. Of is het nog mooier?

Op zijn hoofd draagt de vreemdeling een kap van ontelbare kleine ringetjes en zijn benen zijn bekleed met hetzelfde ijzeren materiaal. Het moet ontzettend zwaar zijn. De schoenen van de man zijn van glanzend ijzer. Er zijn puntige sporen aan gebonden met leren riempjes. De schoonheid van dit beeld is werkelijk oogverblindend.

En dan gaat de mond van de vreemdeling open. 'Ik heb een boodschap voor alle inwoners van Reiderland en Oldambt!' Zijn stem is donker en overtuigend. Hiddo voelt de macht die erin besloten ligt. Om deze man kunnen ze niet heen.

'Mijn naam is ridder Keno en ik heb een verre reis gemaakt. Ik kom uit het Heilige Land.' Er stijgt geroezemoes op uit de menigte. Het Heilige Land! Het lijkt alsof iedereen de woorden tegen zijn buurman herhaalt. Het Heilige Land!

'Het was in het jaar 1269 dat koning Lodewijk de Negende van Frankrijk een oproep liet uitgaan. Predikers in alle landen vroegen gelovigen het Heilige Land te gaan bevrijden van de bezetting door de heidenen. Ik volgde die oproep en ik heb dapper gestreden voor de veiligheid van Jeruzalem!'

'De veiligheid van Jeruzalem, de veiligheid van Jeruzalem...'
Weer herhaalt de menigte de woorden van ridder Keno als een
koor van brave monniken. Op een of andere manier verbreekt
dat voor Hiddo de betovering. Dit gaat gewoon te ver.

En dan die vrouwen daar vooraan! Spontaan vallen ze op hun
knieën. 'O heer! Onze dank is groot!' Een van hen kust de zoom
van de jurk van het paard. Hiddo krabt eens op zijn hoofd.
Iemand die van zichzelf zegt dat hij dapper is... Dat hoort een
ander toch over je te zeggen? Hij ziet het stoere meisje haar
wenkbrauwen optrekken. Ze lijkt de enige in de massa die niet
onder de indruk is van deze Keno.

En dan gaat de ridder verder met zijn verhaal. 'Acht jaar ben
ik van huis geweest. De reis was lang en ver. Eerst voerde onze
tocht naar Tunis in het noorden van Afrika, aan de overkant
van de Middellandse Zee.

Die zee lijkt in niets op die van ons. Prachtig blauw en tur-
koois is hij en niet zo grijs en grauw als het water dat hier tegen
de kust van het noorden aan spoelt. Vissen zo groot als varkens
springen als spelende dieren voor de boeg van je schip en aan
de kust is de zee zo doorzichtig dat je de vissen erin kunt zien
zwemmen. Je kunt zee-egels en zeeanemonen op de rotsen zien
zitten. Dit klinkt prachtig natuurlijk, maar onze overtocht was
zwaar. Door de hitte bedierf het drinkwater en velen van ons
werden ziek en stierven. Zo ook onze leider: koning Lodewijk
de Negende. Zijn broer Karel van Anjou nam de leiding over.

Met een sterk uitgedund leger bereikten we het land aan de
overkant van de zee. Daar is het heet, omdat het land veel dichter bij de zon ligt. En die verschroeit alles. Buiten de stad Tunis
is er een grote zandvlakte die zo groot is als de zee. Overdag is
het er heet, maar 's nachts is het er bitter koud. Het vriest er
harder dan het hier ooit gevroren heeft.

In dat land wonen de Moren. Heidenen. Voor straf moeten
ze van God in dat zand wonen. Wij, Friezen uit de noordelijke
landen, voerden de eerste aanval op Tunis uit en we hebben de
stad veroverd. Dat was pas het begin van onze tocht naar het
Heilige Land, dat nog veel verder in de zandvlakte ligt. De strijd
tegen de Moren was heftig. Wij zijn niet aan die verschrikke-

lijke temperatuurwisselingen gewend, zij wel. Hun paarden zijn snel en wendbaar, waardoor die van ons ineens zwaar en log leken... Ongeveer acht jaar ben ik van huis geweest. U begrijpt hoe zwaar die jaren voor me geweest zijn.' De ridder staart een moment in de verte. En de menigte zucht. Ademloos hangen de mensen aan zijn lippen. Zijn verhaal klinkt als een sprookje.

De ridder glimlacht. 'Karel van Anjou is koning van Napels en van Sicilië. Hij heeft mij beloond voor mijn trouw en moed. Hij heeft mij tot ridder geslagen en mij de gebieden geschonken van Oldambt en Reiderland.'

Hiddo gaat rechtop in zijn zadel zitten. De koning van Sicilië heeft hun land weggegeven aan deze vreemdeling! Hoe kan dat? Je kan toch niet iets weggeven dat niet van jou is? Waar haalt die koning het lef vandaan!

Hiddo knijpt zijn lippen op elkaar. Hij is de zoon van een Reiderlandse hoofdeling en natuurlijk laten de hoofdelingen van Reiderland en Oldambt dit niet zomaar gebeuren. Hij is klaar om mee te gaan in de golf van protest die elk moment kan volgen. De spanning tintelt door zijn lijf.

Maar er gebeurt niets. Het blijft stil. Nee, sterker nog! De menigte zucht en miauwt als een krolse kater in het voorjaar. Ze volgen deze vreemde ridder in alles wat hij zegt. Ze zijn gek!

'Ik zal een goed heer voor jullie zijn,' vervolgt ridder Keno. 'In mijn wijsheid weet ik wat het beste voor jullie is. Ik zal jullie verdedigen in tijden van nood en oorlog. Ik zal rechtspreken en daarin rechtvaardig zijn. In ruil daarvoor vraag ik belasting. Een tiende van jullie oogstopbrengsten zijn voortaan voor mij. In tijden van oorlog moeten jullie leiders mij hun zonen leveren, zodat ze aan mijn zijde kunnen strijden tegen het kwaad. Ik ben hier nu om mijn belastingen te innen en ik zal rondgaan langs jullie leiders. Die noemen jullie hoofdelingen, geloof ik.'

Er wordt gemompeld en gefluisterd, maar niemand protesteert. Lieve hemel. Wat is er in die mensen gevaren? Hiddo kijkt om zich heen. Zijn er hoofdelingen aanwezig? Hij kent niemand in deze omgeving. Hij heeft geen idee achter welk gezicht een boer met veel macht schuilgaat.

Eén ding weet hij zeker. Dit gaat niet goed aflopen. Hier protesteert misschien niemand, maar dat geldt natuurlijk niet voor de hoofdelingen van Oldambt en Reiderland die hier niet aanwezig zijn. Deze ridder belooft kommer en kwel. De harde maand is nog niet voorbij, of hij wil al belasting komen innen. Waar moeten ze dat in vredesnaam van betalen?

Zij die de dijken en zijlen moeten onderhouden, krijgen ruzie. En daardoor vergeten zij hun taken. Als een lichtflits schiet de zin uit de profetie hem door het hoofd. Dit is de vreemdeling van overzee. En direct begint alle ellende!

Paniek golft door Hiddo's lijf. Hij kijkt naar de gezichten om zich heen om steun te zoeken. Hij zal toch niet de enige zijn die begrijpt dat dit heel slecht nieuws is? Maar om zich heen ziet hij alleen maar suffe koppen van mensen die verblind lijken door deze vreemdeling. In de verte ziet hij ook oom Klaas met open mond naar de ridder kijken. Hij glimlacht er zelfs bij.

Hiddo probeert de paniek te verdrijven met zijn verstand. Natuurlijk hebben de meeste mensen gewoon nog voorraden. Die vinden het geen enkel punt om wat aan die ridder te geven. Niet iedereen is er zo slecht aan toe als zijn vader en hij.

Zijn vader. Hij hapt naar adem. Zweet prikt door al zijn poriën naar buiten. Straks komt die ridder Keno bij zijn vader. Hiddo ziet de lege zolder voor zich. Die gek zal hun koeien meenemen, of zijn vaders paard. Dat mag niet gebeuren...

Hij wendt zijn paard. Hij gaat naar huis. Hij moet zorgen dat hij vóór ridder Keno bij zijn vader is.

Weetje

Tussen het jaar 1095 en 1272 zijn er negen kruistochten geweest. Het doel hiervan was het 'bevrijden' van het Heilige Land, het land waar Jezus vandaan kwam. De hoofdstad was Jeruzalem en dat was voor christenen, moslims én joden een heel belangrijke heilige stad. De stad was al langer in islamitische handen, maar in 1056 werden 300 christenen uit Jeruzalem verbannen en vanaf dat moment was het verboden voor christenen om de Heilige Grafkerk binnen te gaan.

Het christelijke keizerrijk Byzantium lag vlak bij Jeruzalem. De keizer daarvan vroeg de paus om hulp voor de verdreven christenen, en die riep op tot de eerste kruistocht. De keizer wilde graag soldaten voor zijn leger, maar hij was niet echt blij met het soort hulp dat hij kreeg. De edelen die kwamen hadden andere doelen dan hij. Ze wilden zelf ook graag land veroveren.

Voor elke volgende kruistocht deed de paus in principe een oproep en die werd dan binnen de katholieke kerk verbreid. Veel mensen gaven er gevolg aan. Als je meeging, kreeg je een aflaat: je zonden werden vergeven en je kocht zo eigenlijk een plekje in de hemel. Bij de negende kruistocht zijn er ook veel Friezen en Groningers meegegaan, mannen uit de noordelijke landen. Ze stonden bekend om hun dapperheid en onverschrokkenheid.

De kruisvaarders veroverden land en stichtten hun eigen christelijke landen: kruisvaarderstaten. Uiteindelijk zijn al die staten weer verloren gegaan.

In het boek *De Dollard. Geschied,- aardrijks- en natuurkundige beschrijving van dezen boezem der Eems* door G.A. Strating en C.A. Venema uit 1855 wordt een ridder Keno genoemd die tijdens de laatste kruistocht tot ridder zou zijn benoemd en daarbij Reiderland en Oldambt gekregen zou hebben.

36   In de haast draait Hiddo Elke precies tegen het paard van het stoere meisje aan.

'Hé! Pas op! Heb je geen ogen in je hoofd?'

Verward kijkt hij haar aan. Door haar scherpe blik komt hij tot zichzelf.

'Ik wil mijn vader gaan waarschuwen voor een ramp,' zegt hij.

Het meisje doet haar mond open, maar hij heeft geen tijd om naar haar te luisteren.

'Mijn oom Klaas staat aan de overkant. Het is die pastoor met dat rossige haar. Wil jij tegen hem zeggen dat ik naar mijn vader moet? Ik hoop dat hij het snapt.'

Dan spoort hij Elke aan en hij jaagt haar het straatje in, blind voor alles wat er om hem heen gebeurt: een klein jongetje springt opzij, kippen stuiven kakelend voor hem op. Een oude man heft een vuist naar hem op. 'Gevaarlijke gek!'

Het dorp uit. Naar huis, naar zijn vader, voordat de belastinginners van die enge ridder bij hem aankloppen! Dat moet voorkomen worden, en de koeien en het paard gered.

Pas als hij een eind het land in gestoven is, staat hij stil. Het is alsof de wind en de krijsende meeuwen boven zijn hoofd hem tot rust brengen. Hij heeft geen idee of hij de goede kant op gaat. Nadenken moet hij en rustig doen, hier helpt hij niemand mee. Hij haalt een paar keer diep adem. Met een arm veegt hij het zweet van zijn voorhoofd en hij kijkt naar de stand van de zon. Aan de hand daarvan kan hij de richting bepalen. Naar het zuiden moet hij, díe kant op dus. Dan galoppeert hij weer verder.

Hiddo weet niet hoelang hij onderweg is, als hij het volgende dorp in rijdt. De huizen, de kerk en het steenhuis er vlakbij zijn hem vreemd. Hij is hier nog nooit geweest. Elke briest. Nu pas ziet hij hoe bezweet ze is. Hij geeft haar iets meer teugel, laat haar stappen en hij klopt op haar hals. Wat is ze mager!

'Het spijt me, meisje,' zegt hij zacht. Het is maar goed dat het dier de laatste dagen bij oom Klaas wat heeft kunnen aansterken, net als hij.

Maar hoe moet dat straks thuis? Die vraag schiet hem nu pas te binnen. Zijn hoofd was te vol met de voorspelling en die vreemdeling met zijn enge verhalen. Maar vanaf het moment dat hij thuis is, zal het gevecht tegen de honger weer beginnen. Hij voelt zijn maag rommelen. Zo lang is het nog niet geleden. Zijn lijf is nog nauwelijks hersteld van de vorige hongerperiode. En dan komt hij straks bij zijn vader zonder enige oplossing voor hun grootste probleem: de honger.

Opeens schiet hij in de lach. Nu pas ziet hij ze weer voor het zadel liggen. De ganzen. Hij heeft in ieder geval de ganzen. Natuurlijk zal zijn vader boos zijn als hij weer terugkomt, maar hij is vast ook blij met deze grote dieren. Daarmee kunnen ze dagen vooruit. Maar hoe dat straks met Elke moet... Zou er nog genoeg hooi zijn om haar te voeren?

'Kijk uit!' Een jongen van zijn eigen leeftijd trekt twee geiten voor de hoeven van Elke weg. Woest kijkt hij hem aan. 'Ik weet niet waar jij vandaan komt, maar bij ons zijn die geiten heel kostbaar.'

Hiddo voelt zijn wangen warm worden. Denkt hij aan eten voor zijn vader, rijdt hij bijna dat van een ander plat. 'Ik was in gedachten. Het spijt me. Ik moet naar Beerta. Ga ik zo de goede kant op?'

De jongen haalt zijn schouders op. 'Weet ik veel. Zo ver kom ik nooit. Als je hier rechtdoor rijdt, kom je in Oostwold.'

Oostwold! Vandaar is het niet ver naar Beerta en weet hij de weg naar huis.

'Mooi!' Hiddo steekt zijn hand op en spoort Elke aan. 'Bedankt!'

Hun steenhuis ligt tussen Ulsda en Beerta. Hiddo's hart springt op als hij het ziet liggen. Thuis! Zo lang is hij niet weg geweest, maar hij heeft dit vertrouwde beeld gemist. De stoere bakstenen, de kleine vensters, net groot genoeg om wat licht en lucht door te laten, maar ook zo klein dat de warmte goed in het huis blijft. En als het bij een ruzie tussen de hoofdelingen tot vechten komt, kunnen ze zich hier goed verdedigen. Er is een gracht om het huis, met een brug die ze op kunnen halen. Met pijl en boog kunnen ze vanuit de kleine vensters schieten, maar de stenen toren is onneembaar. Dat weet hij zeker en hij wordt warm van trots.

Hiddo stapt af en rekt zijn stijve spieren. Thuis. Heerlijk! Maar dan merkt hij iets. De stilte rond het huis is anders dan anders.

'Vader!' Hiddo's stem klinkt hard door de stilte. De huizen rond de verdedigingstoren zijn leeg, dat wist hij. Maar waarom komt zijn vader niet op het geluid van de paardenhoeven af? Hij moet hem toch hebben horen aankomen?

'Waar ben je?' Het is al tegen de avond, dan hoort hij binnen te zijn.

'Vader! Ik ben het, Hiddo. Ik ben weer thuis!'

Hiddo duwt de grote houten deur open en loopt de stal in. De koeien staan tevreden te herkauwen, hun ruiven zijn gevuld met hooi. Opgelucht haalt Hiddo adem. Dit heeft zijn vader vandaag nog gedaan en hij moet ook in de buurt zijn, want zijn paard staat op stal. Hij zet Elke op haar vertrouwde plekje naast de koeien.

'Vader, ik verzorg eerst Elke!' Er staat een emmer met water en hij vult haar trog. Gulzig begint ze te drinken en dan duwt ze haar natte neus tegen hem aan, alsof ze hem ervoor wil bedanken. Even verbergt hij zijn gezicht in haar manen. 'Jij vindt het toch ook fijner om thuis te zijn? Het spijt me dat ik je zo heb afgebeuld.'

Hij haalt het zadel van haar rug en wrijft die droog met wat stro. Zo. En nu naar boven. De ganzen zijn bij hun hals aan elkaar gebonden met een touw. Hij gooit ze over zijn schouder. Eén voor, één achter. 'Vader? Ben je boven? Ik heb een verrassing!' Hij glimlacht in zichzelf en klimt de ladder op die naar het woongedeelte leidt.

Het is er koud en donker. In de haard gloeit zelfs geen laatste stukje hout. De mand ernaast is leeg. Waar is zijn vader toch? Opnieuw bekruipt Hiddo een ongemakkelijk gevoel. Zijn ogen moeten wennen aan de schemering en het duurt even voordat hij wat kan zien. Is dat een bult dekens die daar half over de tafel ligt? Hij doet een stap dichterbij.

De bult ademt. Zijn vader ligt te slapen met zijn hoofd in zijn armen, een deken over zijn schouders om zich warm te houden. Lieve, arme vader.

'Voor jezelf maak je er helemaal niets van,' fluistert Hiddo. Hij legt de ganzen op tafel en schuift voorzichtig naast zijn vader op de houten bank. Hij legt een arm om hem heen. 'Vader... word eens wakker.' Hij praat zacht om hem niet te laten schrikken, maar het helpt niet. Zijn vader schiet overeind.

'Waar, wat?' Verwilderd kijkt hij om zich heen. Dan ziet hij Hiddo. 'Jongen...'

Hiddo weet niet goed hoe hij de blik in zijn vaders ogen moet duiden. Het is te donker om het goed te kunnen zien.

'Kijk!' zegt hij en hij kan zijn trots niet helemaal onderdrukken. Hij legt de ganzen op tafel. Ineens straalt zijn vader, Hiddo ziet zijn tanden in de schemering glinsteren.

'Geweldig,' zegt hij en nu slaat hij zijn armen om zijn zoon. 'Misschien heb je toch gelijk. Als we samen zijn, voel ik me sterker. Voor jou wil ik mijn best wel doen, maar voor mezelf alleen...'

De volgende dag is het koud, maar de zon schijnt. En als je je neus goed in de wind steekt, kun je het voorjaar ruiken.

'Welnee,' zegt vader. 'Jij wílt het voorjaar ruiken, maar het is nog echt winter.' Hij lacht en haalt even een hand door Hiddo's donkerblonde haar. 'Ik ben zo blij dat je er weer bent! Het was voor jou beter als je bij oom Klaas was gebleven, hij had meer te eten voor je dan ik, maar ik heb je erg gemist!'

Ze staan naast elkaar in de deuropening van de stal en kijken naar buiten. Het is hun land, van hen samen. En daar zullen ze tot op het laatst zij aan zij voor knokken, met of zonder het legertje van kleine boeren die eerder bij hen woonden.

Gisteravond heeft Hiddo zijn vader bij het plukken van de

ganzen verteld over de voorspelling van Jaarfke en de vreemdeling van overzee: ridder Keno. Ze hebben er tot laat in de avond over gesproken. Zouden die twee echt met elkaar te maken hebben? En wat moesten ze doen? Had oom Klaas gelijk, en kon je niets aan een voorspelling doen?

En dan die ridder Keno en zijn belasting... Die gingen ze niet betalen, natuurlijk. Maar zou dat lukken? Wat kon je doen als zo'n man met een leger zijn belasting kwam innen? De brug ophalen, met pijl en boog op ze schieten... Zij waren met zijn tweeën en de mannen van Keno zouden vast met meer komen. Dat wonnen ze nooit.

Ze kwamen er niet uit, maar het was fijn dat zijn vader hem serieus nam, vond Hiddo. Hij had met een ernstig gezicht naar het verhaal over de voorspelling geluisterd en het niet van tafel geveegd, zoals oom Klaas. En hij begreep de dreiging die van ridder Keno uitging, juist omdat iedereen zich zo door hem liet inpakken.

Hiddo had nog lang wakker gelegen, terwijl zijn vader naast hem had liggen snurken. Hij had zich met hem verbonden gevoeld. Zijn vader had met hem gesproken als met een gelijke, en niet als een vader met een klein kind.

'Laat me toch met de koeien naar buiten,' zegt Hiddo nu smekend tegen zijn vader. 'Zij genieten ervan, ik vind het ook fijn en misschien vinden ze nog een jong grassprietje.'

'Doe maar wat je goed lijkt. Ik moet misschien meer vertrouwen hebben in je plannen. Jij bent tenslotte de hoofdeling van de toekomst.' Zijn vader duwt de grote houten deur open, zodat de koeien er zo door kunnen.

Hiddo heeft daarstraks zijn koeienhoorn al uit de bergplaats in de haard gepakt. Het ding is kostbaar en hij heeft hem lang niet in handen gehad. Hij bekijkt hem opnieuw. Zijn moeder heeft de punt zorgvuldig met rood koord omwonden en de riem versierd waaraan hij de hoorn over zijn borst hangt. Hij streelt hem liefdevol. Moeder. Wat heeft ze dat mooi gedaan.

Dan pakt hij een wilgentak die speciaal daarvoor in de stal staat. Vorig jaar heeft hij die zelf voor dit doel van de boom gesneden. 'Kom dames, we gaan naar buiten!' Hij klakt met zijn tong en laat de koeien één voor één achteruitlopen, tussen de stalschotten vandaan. Hij tikt ze daarbij zachtjes met zijn tak tegen de poten. 'Toe maar, toe maar... Goed zo!'

Als de koeien eenmaal bij de deur zijn, hoeft Hiddo geen moeite meer te doen. Ze dansen letterlijk naar buiten. Ze maken de malste sprongen, alsof het jonge meiden op een dorpsfeest zijn. Hiddo schiet in de lach. Het is elk voorjaar weer een feest om de koeien voor het eerst naar buiten te zien gaan.

'Tot straks!' roept hij tegen zijn vader en hij loopt achter de koeien aan. Hij kan ze nauwelijks bijhouden, zo opgewonden draven de dieren voor hem uit. Ze weten de weg, want Hiddo laat ze altijd op vaste plekken grazen. Ze zijn eerder in de weilanden die aan de Tjamme grenzen dan hij. In de verte ziet hij een andere koeienjongen lopen. Die heeft blijkbaar net als hij het voorjaar in de lucht geroken. Hij begroet hem met de bekende roep die zo goed over het weidse land draagt en Hiddo voelt zich vreemd gelukkig. Hier hoort hij thuis, in het land dat tot de Tjamme loopt.

De jongen roept niet één keer, hij blijft joelen. Maar de klanken dringen nauwelijks tot hem door. Zijn hoofd is vol van het voorjaar en van het feit dat hij weer thuis is. Ze gaan het samen anders doen, zijn vader en hij.

Misschien komt het daardoor dat hij de hoeven van de paarden zo laat hoort. Maar ineens zijn ze er, drie – nee, vier mannen op paarden. Ze galopperen recht op zijn koeien af, gooien een touw om één ervan en rijden door. 'Belasting voor ridder Keno!' roepen ze en dan stuiven ze weg.

'Rotzakken! Vreselijke rotzakken!' Hiddo heft zijn vuist en rent ze na. 'Geef terug!'

Dat de mannen van ridder Keno komen is meer dan duidelijk. Ze dragen allemaal dezelfde jaks, met het wapen in gouddraad geborduurd. 'Noem je dat een ridder? Het is een boef. Hij steelt met open vizier!'

De dieven kijken niet om, Hiddo's woorden vervliegen in de wind voor ze hen bereiken.

Machteloos holt Hiddo achter hen aan. Stom. Dit heeft geen zin. Hij kan ze nooit inhalen zo. Met zijn hoorn en joelen vraagt

hij de andere jongen op de overgebleven koeien te passen. 'Ik ga
erachteraan!'

Dan draait hij zich om en rent naar huis. Hij gaat Elke zadelen. Als ze maar niet denken dat ze hiermee wegkomen, stelletje vuile... De hoofdeling van Beerta laat zich niet zomaar
bestelen!

Weetje

Een steenhuis is een verdedigingstoren, een heel primitief kasteel. Zo'n toren is de basis van veel kastelen geweest, alleen is
die later uitgebreid. Dat gebeurde lang niet altijd met de steenhuizen in Groningen en Friesland. De meeste daarvan zijn
gebouwd in de 13e eeuw en nu bijna allemaal verdwenen.

Ze waren zo'n acht bij tien meter, hun hoogte was ongeveer
vijftien meter. Het steenhuis stond op een lage heuvel omgeven
door een gracht. De begane grond was bestemd voor het vee. De
eerste verdieping was soms te bereiken met een houten ladder
vanuit de stal en altijd met een houten ladder vanaf de buitenkant. Die ladders werden ingetrokken als het steenhuis werd
aangevallen.

Op de eerste verdieping was een grote ruimte, waar geleefd
en geslapen werd. Op de zolder konden eventuele voorraden
worden opgeslagen. Het is nog heel lang gebruikelijk geweest
om met de hele familie in één kamer te slapen. Als er gasten
waren, schoven die gewoon aan. De bedden werden voor de
nacht uitgezet, en voor de dag weer opgeruimd. Je moet daarbij
denken aan een soort pallets met strozakken erop.

De steenhuizen waren in het bezit van hoofdelingen. Omdat
ze nogal eens verwikkeld waren in conflicten met elkaar, was
zo'n steenhuis reuze handig. Het hele dorp kon er dan bescherming zoeken.

In Veenwouden in Friesland kun je de Schierstins bekijken
en net over de Duitse grens staat er een in Bunderhee in Oost-
Friesland.

Storm!

'Hiddo!' Vader rent naar buiten op het moment dat hij zijn voet in de stijgbeugel zet. 'Waar zijn de koeien?'

In twee zinnen legt Hiddo uit wat er gebeurd is. 'Ik ga erachteraan! Wat denken die kerels wel!'

Zijn vader wijst naar de lucht. 'Ik weet niet of je moet gaan...'

Hij heeft gelijk. Het weer slaat om. De vriendelijke wolkjes die vanochtend voorbijdreven, worden voortgejaagd door een steeds sterker wordende wind en bij elkaar gedreven tot loodgrijze dreigende monsters.

'Geeft niet.' Hiddo klakt met zijn tong en duwt zijn benen in Elkes flanken. Het weer verandert niets aan zijn boosheid en hij kan tegen een stootje. Elkes hoeven denderen over de houten brug. Welke kant moet hij op?

Zijn woede maakt hem scherp. Helder ziet hij het beeld van de galopperende ruiters voor zich. Ze gingen in de richting van de Westerwoldse Aa. Maar of hij hun spoor ooit nog op kan pikken...

'Die kant op!' Hij buigt diep over Elkes rug om zo min mogelijk wind te vangen. Haar oren gaan naar voren, haar neus in de wind. Ze heeft er zin in, zo te zien. Hij ook. 'Al moeten we alle dorpen van Reiderland en Oldambt door, we zullen ze krijgen, Elke!' Hij schreeuwt tegen de wind in en het lijkt alsof Elke hem begrijpt, woord voor woord. Sneller gaat ze, steeds sneller.

Hij volgt de Aa tot dezelfde oversteekplaats als de vorige keer, toen hij met zijn vader naar oom Klaas ging. Die ruiters zullen wel weten dat ze zichzelf anders vast rijden, net zoals hij dat wist.

Hij komt langs dezelfde huisjes als toen en tot zijn verbazing staat de oude vrouw buiten, die hem vertelde over de raaf met de witte jongen. Ze staat te schelden en te tieren als een visser wiens boot net vergaan is. 'Vieze, vuile... Alle rotte appels nog an toe… Als ik ze ooit in handen krijg… Ik krab die kerels hun ogen uit hun kop, ik…' Machteloos stampt ze met haar voet op de grond.

Hiddo houdt Elke in. 'Vrouw, waar ben je zo boos over?'

De vrouw hapt naar adem. 'Waar ik zo boos over ben…?' Ze spuugt bijna van kwaadheid. 'Daar komt hier een stel kerels voorbijrijden, opgedirkt als jongejuffers, met gouddraad op hun borst. Ik heb nog nooit zoiets gezien. Ze hebben een heel stel koeien bij zich, die ze opjagen alsof het jonge paarden met te veel energie zijn. Stelletje dierenbeulen.

Komt er een recht op me afgereden, rukt het touw van mijn geit uit mijn handen en gaat er weer als een razende vandoor. "Belasting voor ridder Keno," riep hij. Wie is ridder Keno? Wat heb ik ermee te maken?' Haar stem slaat over.

'Hij heeft een koe van ons,' zegt Hiddo kort. 'Welke kant gingen ze op? Ik volg hem net zo lang tot ik mijn koe weer terug heb. En ik zal mijn best doen voor uw geit.'

Het gezicht van de vrouw verzacht in één klap. 'Wil je dat voor me doen? Je bent een reddende engel.' En dan wijst ze. 'Ze zijn de Westerwoldse Aa overgestoken, daar bij het veer. Je kent het wel.' Haar ogen twinkelen. 'Jij bent hier niet zo lang geleden ook geweest met je vader.'

Hiddo knikt. 'Ik moet opschieten.' Hij kijkt naar de lucht, die steeds donkerder wordt.

'Ja, jongen. Er is een storm op komst. Dat voelde ik vanochtend al aan mijn eksteroog.' Ze wijst op haar voet. 'Ik zou de Westerwoldse Aa blijven volgen. Dat hebben zij ook gedaan.'

'Kom, Elke!' Hij klakt met zijn tong en daar gaan ze weer. Naar het veer, zo snel mogelijk oversteken en door. Zo snel mogelijk weer door.

In de verte ziet hij een koeienjongen die zijn koeien in veiligheid aan het brengen is voor de storm. Nog een die het voorjaar in zijn kop had. Hiddo groet hem, met de bekende roep.

'Gevaar! Gevaar!' duidt de jongen hem. 'Koe gestolen! Ruiters volgen de Aa!'

Hij gaat de goede kant op! Misschien kan hij ze nog inhalen. Hij jaagt Elke langs de Aa, terwijl hij zo dicht mogelijk tegen haar hals aan ligt. 'We pakken ze, we pakken ze!' fluistert Hiddo onophoudelijk in haar oor. 'Het is onze koe, Elke. Wie weet wat ze met haar van plan zijn. Straks slachten ze haar! Ze is drachtig, Elke. Kom op!'

Elke strekt haar benen in een formidabele galop.

De lucht wordt steeds donkerder en de wind waait steeds harder. Dit is een storm, en een heftige ook. Hiddo trekt zijn jak dichter om zich heen. Nu pas voelt hij hoe koud het is.

Een bliksemflits scheurt de hemel open, direct gevolgd door een krakende donderslag. Elke hinnikt in paniek, steigert en staat met een ruk stil. Een hoosbui barst los, doorweekt in één keer zijn kleren en koelt zijn koortsige woede.

Hij moet schuilen. Doorrijden is veel te gevaarlijk, straks wordt hij geraakt door de bliksem. Niet ver van hem vandaan begint een kerkklok te luiden – de manier om onweer en bliksem te verjagen. Lawaai krijg je weg met lawaai.

Waar is hij? Hij houdt zijn hand boven de ogen en kijkt om zich heen. Er moet hier ergens een kerk zijn, waar mensen aan het klokkentouw hangen. Daar stroomt de Tjamme in de Westerwoldse Aa en vlak bij het water ziet hij in de richting van het geluid een dorp liggen. Misschien kan hij daar schuilen. Een nieuwe bliksemflits schiet door de lucht en wordt gevolgd door een lang rollende donder. 'Kom, Elke! Daar is het droog.'

In het dorp staan twee steenhuizen vlak naast elkaar, een grote en een kleine. Allebei zijn ze omgeven door een gracht. Gek, zoiets heeft hij nog nooit gezien. Maar veel tijd om erover na te denken heeft hij niet. Terwijl de klok steeds harder lijkt te luiden, rijdt Hiddo de brug over van het grote steenhuis. Het dak ervan is bedekt met houten dekplaten. Dat heeft hij ook nog nooit gezien. Wil deze hoofdeling geen indruk maken met echte dakpannen?

Hiddo blaast op zijn hoorn en de bovendeur gaat open. 'Ik zoek een schuilplaats voor dit onweer!' roept hij omhoog.

'Wees welkom in Houwingaham!' Hiddo is verrast als hij een meisjesstem hoort.

'Zet je paard op stal en kom boven. We hebben het vuur aan!'

Dat laat hij zich geen twee keer zeggen. Met zijn schouder duwt hij de houten deur open en de warmte van de stal komt hem tegemoet. Aan de linkerkant staat een flink stel koeien en een paar geiten, aan de rechterkant staat een hengst in een apart afgescheiden deel. Die briest dreigend als hij Elke ziet.

'Ik zet je wel bij de koeien, Elke. Dat lijkt me een stuk rustiger.'

Het luik naar de bovenverdieping gaat open en er verschijnt een ladder. Een vriendelijk glimlachend meisjeshoofd kijkt over de rand. Hiddo ziet grijsblauwe ogen en blozende wangen. Een paar blonde pieken steken onder het witte mutsje vandaan.

'Lukt het?' Het is hetzelfde meisje als daarstraks, hij herkent haar stem. Of kent hij haar ergens anders van? Onzin. Hij kent geen meisjes.

Hiddo knikt en klimt de trap op. Druipend staat hij naast de opening van het luik. Uit zijn drijfnatte kleren vallen grote druppels naar beneden en uit zijn haar stroomt de regen nog steeds over zijn gezicht. Hij kijkt nauwelijks om zich heen. Hij durft niet te bewegen, bij elke stap die hij zet, neemt hij het water met zich mee. Dat hij zo bij een andere hoofdeling binnenkomt!

'Jij bent echt drijfnat!' stelt het meisje vast. 'Doe je kleren maar uit en hang ze bij het vuur. Mjin vader heeft een extra jak, dat hij bijna nooit draagt.'

Zijn hoofd gaat met een schok omhoog. Zijn kleren uitdoen! Wat denkt dat kind wel niet. Hij gaat zich niet voor vreemden uitkleden, en zeker niet voor de ogen van een meisje.

Het meisje grinnikt. 'Ik draai me wel om, als je dat fijner vindt. En mijn vader ziet er in zijn blootje net zo uit als jij, dus daar hoef je je niet voor te schamen.'

Nu pas ziet Hiddo het grote vuur in de haard, de tafel ervoor en daaraan een grote man met opgeschoren haar en maar één oor. Ondanks zijn woeste uiterlijk knikt hij hem vriendelijk toe. 'Welkom in Houwingaham, jongen. Je hebt slecht weer meegebracht.'

Hiddo schiet onwillekeurig in de lach. Het is ook zo'n rare

situatie. En die twee hier doen alsof het doodnormaal is, alsof ze elke dag druipende onbekende jongens ontvangen.

'Mijn naam is Hiddo, zoon van Jannes. Mijn vader is hoofdeling en ons steenhuis staat tussen Beerta en Ulsda.' Ondertussen trekt hij zijn drijfnatte jak uit. Wat kan het hem ook schelen. Aan zijn ontblote bovenlijf is weinig te zien.

'Geef maar, Hiddo.' Het meisje strekt haar hand uit naar het natte jak. 'Je bent hier in het steenhuis van de Uwinga's. En mijn naam is Margje en die van mijn vader Hindrik.'

Margje wringt het jak uit met krachtige handen, precies boven het luik. Dan hangt ze het over een houten rek vlak bij het vuur. Ineens kijkt ze hem doordringend aan. 'Jij bent die jongen uit Termunten. De neef van oom Klaas.'

Dat is het! Daar kent hij haar van. Het is dat stoere meisje dat hij in Termunten zag!

'Klopt.' Wat moet hij anders zeggen? Verlegen kijkt hij haar aan.

Margje vindt het blijkbaar veel normaler dat ze elkaar weer zien. 'Ga naast mijn vader zitten, daar is het lekker warm. En vertel ons ondertussen wat jou in Houwingaham brengt. Bezoekers uit Beerta krijgen we hier niet zo vaak.'

Hiddo trekt het droge jak over zijn hoofd dat Margje hem aanreikt. 'Dan moeten jullie me eerst wat anders vertellen. Waarom staan er hier twee steenhuizen zo dicht naast elkaar? Twee hoofdelingen, allebei hun eigen gebied...'

Margje lacht trots. 'Dat is van mijn oma. Ik heb de stoerste oma van heel Reiderland. Toen mijn opa stierf, was mijn vader zijn opvolger. Hij was nog een kind en mijn oma is toen eigenlijk hoofdeling geweest. Iedereen luisterde naar haar en het ging heel goed. Zij was volgens mij de enige vrouwelijke hoofdeling van heel Reiderland. Toen mijn vader oud genoeg was, nam hij het weer op zich. Maar mijn oma vond het moeilijk haar plaats op te geven. Toen heeft mijn vader twee steenhuizen naast elkaar gebouwd, één voor haar en één voor ons. Ik heb geen broers, dus ik word later mijn vaders opvolger. Ik word hoofdeling, net als mijn oma.' Ze knikt beslist met haar hoofd, alsof ze haar verhaal kracht bij wil zetten.

Haar vader lacht. 'Dat zou je wel willen! We regelen gewoon een goed huwelijk voor je met een goede hoofdeling. Dat is veel verstandiger. Je oma is een uitzondering. Niemand in heel Reiderland en Oldambt luistert naar een vrouw.'

Hiddo kijkt eens naar Margje. Stoer kind. Dat vond hij al toen hij haar voor het eerst zag. Eigenlijk kent hij niet zoveel meisjes van dichtbij. Natuurlijk wonen er ook meisjes bij hem in de buurt, maar daar speelde hij nooit mee. Hij zag ze alleen uit de verte. Hij was er altijd vanuit gegaan dat meisjes slap en stom waren. Maar als hij Margje zo ziet...

'Nou jij, Hiddo.' Margje zet een kroes bier voor hem op tafel. 'Wat doe jij hier?'

En Hiddo vertelt. Hij begint bij het begin. Van de voorspelling van Jaarfke die hij in het misboek vond: *Al wat land is zal nu water worden*. En dat dat zou gebeuren doordat er ruzie zou komen in het land; dat degenen die voor de dijken en zijlen verantwoordelijk zijn, daar niet meer aan zouden denken.

Hindrik knikt somber. 'Het zou maar zo kunnen gebeuren. Het water is een serieuze bedreiging voor het Reiderland, nu al. Wij wonen hier dicht bij de Westerwoldse Aa, te dichtbij. Regelmatig treedt de Aa buiten zijn oevers. Zo vaak, dat het land hier altijd vochtig is. Het lijkt wel alsof hij steeds dichterbij komt. Je hebt het steenhuis van mijn moeder gezien?' Hindrik wacht niet op Hiddo's antwoord, hij weet dat hij de twee steenhuizen gezien heeft.

'Bij mijn moeder staan de koeien in het water, echt waar. Het lijkt omhoog te komen uit het niets. En onze huizen staan op niet al te stevige grond. Het is niet voor niets, dat wij een houten dakbedekking hebben. Dakpannen zijn te zwaar. Ik was bang dat de druk te groot zou worden. Maar uiteindelijk helpt het allemaal niks. We moeten hier weg, naar hoger gronden. En als de dijken of de zijlen doorbreken, zijn we hier als eerste de klos. Daar wil ik niet op wachten.'

'Mijn vader is al begonnen met de bouw van een nieuw steenhuis, iets hogerop,' zegt Margje. 'We zullen ons dorp uiteindelijk moeten verlaten en verderop opnieuw gaan bouwen.

Hiddo slikt. Wat een somber verhaal! Zou dat ook voor de

grond van zijn vader en hem gelden? Zouden zij uiteindelijk ook hun heil op hoger gronden moeten zoeken? Hiddo schudt onwillekeurig zijn hoofd. Hij kan het zich niet voorstellen.

Buiten klinkt een hoorn, hard en schel dwars door het klokgelui heen. Margje springt op en vliegt naar de bovendeur. Ze duwt het luik open en steekt haar hoofd naar buiten. 'Welkom in Houwingaham!' roept ze weer.

'Boodschap van Hero Uwinga aan Hindrik Uwinga. Dringende boodschap!'

Hindrik kijkt naar Hiddo. 'Dat moet slecht nieuws zijn.'

Weetje

Er waren in de riddertijd geen weilanden die door sloten werden gescheiden of keurig met prikkeldraad waren afgezet. Dat betekende dat dieren niet zonder toezicht naar buiten konden. Herders hielden meerdere koeien tegelijk in de gaten.

In het vlakke Friese land gebruikten de mensen signalen om elkaar op lange afstand boodschappen door te geven. Dat gebeurde op verschillende manieren, door vlaggen of doeken op te hangen bijvoorbeeld. De koehoorn was ook een middel om signalen door te geven; je kon de klank een half uur verder nog horen. De koehoorn was een kostbaar voorwerp, dat in de haard bewaard werd. Dat was een veilige plek voor spullen waar je aan gehecht was.

Mensen gebruikten misschien ook hun stem om op lange afstand berichten door te geven. Er zijn oude teksten waarin sprake is van een soort jodelen: het joelen of joechsen.

Tijdens een opgraving zijn er in Houwingaham twee steenhuizen vlak naast elkaar gevonden. In mijn verhaal heb ik daarvoor een verklaring proberen te geven. Het is natuurlijk de vraag of die klopt. Uit de opgravingen blijkt ook dat de steenhuizen bewust verlaten zijn door de bewoners, misschien wel voor het wassende water.

Het Reiderzijl

Hero is de broer van Hindrik en zijn boodschapper druipt net zoals Hiddo deed. Maar de man heeft een lange wollen mantel aan, die hij met een zwierig gebaar af doet. Daaronder is hij droog. Als een hond schudt hij zijn lange haren en de druppels vliegen in het rond. Bah. Hij ruikt ook naar natte honden.

'Slecht nieuws, heer Hindrik,' zegt hij en na een hoofdknik van de heer des huizes schuift hij naast Hiddo aan de lange tafel voor het vuur. Zo dichtbij, dat hij de warmte voelt die de man uitstraalt. Wat moet die boodschapper hard gereden hebben! Hij dampt van het zweet. Margje zet zwijgend een kroes bier voor hem neer.

'Uw broer heeft me gestuurd om u te waarschuwen.' Hij neemt een gulzige teug van het bier. Te grote slok, ziet Hiddo. De man veegt het vocht dat uit zijn mondhoeken door zijn blonde baard stroomt weg met zijn mouw.

'Mijn broer woont in Tijsweer, niet ver van de monding van de Westerwoldse Aa,' legt Hindrik aan Hiddo uit. Ondertussen blijven zijn ogen bezorgd op de boodschapper rusten.

'De storm... de Eems...' De man neemt nog een slok en haalt daarna diep adem. 'De Reiderzijl is doorgebroken. De schotten konden het water niet meer tegenhouden. Hoge golven beukten ertegenaan. De wachters van de zijl die uw broer op de hoogte kwamen stellen hebben nog nooit zoiets gezien, zeiden ze.

Op weg hiernaartoe luidden in alle dorpen de noodklokken. Bij Saxum ben ik de Tjamme overgestoken en dat heeft me bijna het leven gekost. De Tjamme kolkt als een woeste zee en is bij die plaats buiten haar oevers getreden. Daar was geen enkele vorm van bedijking, hoorde ik. Bij de oversteekplaats sprak ik een boodschapper van een hoofdeling uit Stokdorp. Daar zijn ze bang dat het dorp overstroomt. De Westerwoldse Aa lijkt het hele land te overspoelen.'

Hiddo houdt de rand van de houten tafel vast, zo stevig dat zijn knokkels er wit van worden en hij voelt zijn ademhaling steeds sneller gaan. *Al wat land is zal water worden...* De voorspelling komt uit! De vreemdeling is nog niet van overzee gekomen of het gaat mis. Die Jaarfke had gelijk. Wat moeten ze doen? Kunnen ze wel iets doen? Of heeft oom Klaas gelijk, en is een voorspelling geen waarschuwing? Moeten de Reiderlanders dit gewoon ondergaan?

'Het water kan elk moment hier zijn,' zegt de boodschapper dan. 'U woont zo dicht bij de Westerwoldse Aa...'

Hiddo's hart slaat een slag over. Ook dat nog! Daar heeft hij helemaal niet aan gedacht, maar Hindrik zei daarnet dat de koeien in het steenhuis van zijn moeder al in het water stonden. Dit steenhuis kan elk moment overspoeld worden. In paniek kijkt hij naar Hindrik.

Die knikt rustig. 'Dat zal niet de eerste keer zijn. Nog een keer overstroming overleven we wel. Maar we moeten aan de toekomst denken. Dat zijl moet na deze storm zo snel mogelijk gemaakt worden. Wie is er verantwoordelijk voor de zijlen? De hoofdelingen in Oosterreide of Westerreide? Die dorpen liggen immers het dichtst bij de zijl.'

De boodschapper zucht en krabt zijn baard. 'Tja. Dat ligt moeilijk.'

'Hoezo, dat ligt moeilijk?' Hindrik staat met een ruk op. 'We gaan toch geen ruziemaken over de reparatie van die zijl? Het gaat over ons land!'

De boodschapper haalt verlegen zijn schouders op. En dan begrijpt Hiddo het ineens. Het is alsof een bliksemflits zijn gedachten verlicht. Met zijn hand geeft hij een klap op tafel. 'Het is die vreemdeling, ridder Keno!' Zijn stem slaat over en hij zoekt bevestiging in de ogen van de boodschapper.

'Hoe weet jij dat?' vraagt die verbaasd.

'Ik was erbij toen hij in Termunten aan land kwam!' Hiddo gaat ook staan en hij leunt met twee handen op tafel. 'Jij hebt hem toen toch ook gezien, Margje?'

'Ja,' zegt Margje. 'Vader, jij moest toen naar die hoofdeling in Termunten waar je die vete mee hebt gehad. Je moest de schade gaan betalen. Ik wachtte op jou bij de kerk in Termunten. Ik heb je toch verteld over de vreemdeling die ik toen gezien heb?'

Hindrik grijpt naar zijn oor en kijkt naar Hiddo. 'Ik heb de meeste schade toegebracht bij de ander, dus ik moest het meest betalen. Maar die kerel moest wel schuiven voor mijn oor.' Hij grijnst. 'Vertel eens wat de vreemdeling te maken heeft met een ruzie over de reparatie van de zijl.'

Hiddo legt uit wat er in Termunten gebeurd is en met hun koe.

De boodschapper knikt opgelucht. 'Zo is het. Die man zegt dat hij de baas is van Reiderland. Hij gaat alle dorpen en steenhuizen langs om te zeggen dat iedereen voortaan naar hem moet luisteren en hem belasting moet betalen. En het rare is, dat mensen naar hem luisteren. Uw broer ook...' De boodschapper haalt verlegen zijn schouders op. 'Dat vond ik lastig om te zeggen, maar uw broer is de oude niet meer. Hij wil alles overlaten aan die vreemdeling.'

'Nou en?' Margje zet de handen in haar zij en steekt haar kin vooruit. 'Als die man zo nodig de baas wil zijn, laat hem dan de zijlen repareren! Als hij het goed doet, weten de hoofdelingen dat ze die belasting niet voor niets betalen.'

Hiddo voelt zijn mond openzakken van verbazing. Een meisje dat zich met het gesprek van hoofdelingen bemoeit, daar heeft hij nog nooit van gehoord. Hij is dan wel geen hoofdeling, maar hij volgt later zijn vader op. Dus hij is er bijna een. Dat gekke stoere kind natuurlijk niet, maar ze gedraagt zich alsof ze haar vader inderdaad gaat opvolgen.

Hindrik vindt het blijkbaar gewoon, want hij reageert er niet op. In plaats daarvan kijkt hij de boodschapper aan. 'En ga je nu door naar die wonderridder en hem om hulp vragen?'

De man krijgt zowaar een kleur. Het rood gloeit door zijn baard heen en hij schudt zijn hoofd. 'Nee, ik moet naar de stad Torum om daar iedereen te waarschuwen. Volgens uw broer begrijpt een ridder vanzelf wat hij moet doen. Daar hoeft hij niet op gewezen te worden door hoofdelingen uit het Oldambt of het Reiderland.'

'Wel alle donders...' Hindrik steekt zijn handen woedend in

de lucht. 'Hero moet echt gek geworden zijn. Die Keno moet gewaarschuwd en snel ook. Want als ik het zo hoor, doet niemand meer iets zonder zijn toestemming. Dat dat ooit nog in onze landen zou gebeuren... Nooit is iemand het hier eens met elkaar en dan krijgen we dit!'

'Ga jij die man dan waarschuwen, vader,' stelt Margje voor.

Voor het eerst ziet Hiddo ergernis in Hindriks blik, als hij naar Margje kijkt. Nu geeft hij zijn dochter eindelijk op haar donder. Hier mag ze zich niet mee bemoeien.

Maar Hindrik zegt iets anders dan Hiddo verwacht. 'Ik kan hier toch niet weg? De boel overstroomt. Ik moet onze boeren helpen, zorgen dat de oever van de Westerwoldse Aa verhoogd wordt. Het is mijn taak als hoofdeling om mijn mensen te beschermen.'

Dan wendt hij zijn blik ineens naar Hiddo. 'Jij moet die man waarschuwen! Jij bent blijkbaar niet onder de indruk van alles wat die vreemdeling uitkraamt. Zodra het weer het toelaat, moet je erheen. En misschien kun je dan ook nog zorgen dat je je koe terugkrijgt.'

Hiddo hapt naar adem en Hindrik legt zijn hand op die van de boodschapper. 'Waar is ridder Keno? Nog steeds in Termunten?'

'Nee,' antwoordt de man. 'Volgens die boodschapper die ik in Saxum sprak, is ridder Keno naar Midwolda, omdat het de belangrijkste plaats van Oldambt is.' Hij gromt vol minachting. 'Oldambt is namelijk ook van hem, zegt hij.'

'Dan moet je daarheen, Hiddo,' zegt Margje kordaat. 'En ik ga met je mee.'

Pas de volgende dag gaat de storm liggen. Hiddo staat bij de bovendeur van het steenhuis in Houwingaham en kijkt naar buiten. De lucht is grauw en elk vleugje voorjaar is eruit verdwenen. Hoe heeft hij ooit zo stom kunnen zijn om te denken dat de winter voorbij was? Hij wilde dat de winter voorbij was, maar zo werkt het niet. Het ergste is het water. De wind blaast er onschuldige rimpeltjes in, maar het is overal. Een grauwe vlakte strekt zich voor Hiddo uit, voor zover hij kan kijken. De moed die hij gisteren nog had stroomt uit hem weg, als water uit een lekke emmer.

Achter hem gaat het leven gewoon door. Potten en pannen kletteren, de houten bank schuift over de vloer en Margjes stem klinkt boven alles uit. De boodschapper zit te praten met een van de boeren die in de loop van de nacht met hun gezinnen bescherming hebben gezocht in het steenhuis. Een baby kraait, vrouwen lachen. In de stal beneden is iemand in de weer. Hiddo hoort een zachte bromstem, Elke hinnikt en de koeien herkauwen en schuifelen op hun plaats. Iemand voert de dieren.

'Hiddo, eet nog wat. We moeten zo snel mogelijk vertrekken.' Margje trekt aan zijn mouw. 'Hé slome, zo komen we nooit in Midwolda.'

Dat kind is echt niet te stuiten. Ze draait om hem heen als een mug in de zomeravond.

'Heb je niet naar buiten gekeken?' Hiddo knikt in de richting van de bovendeur.

'Het is minder erg dan het lijkt. Mijn vader heeft met een stok gekeken hoe diep het water is. Het reikt nauwelijks tot onze enkels. Hij is met zijn mannen al naar de Aa gereden om te kijken of ze iets aan de bedijking kunnen doen. Als hij kan uitrijden, kunnen wij dat ook. Hoe eerder er iets aan de zijlen en dijken gebeurt, hoe beter. Ik heb een bundel klaargemaakt voor onderweg.'

Hiddo draait zich om en kijkt haar aan. Margje houdt de schouders recht, de kin vooruit. Kom maar op, lijkt ze met haar hele lijf te willen zeggen. De grijze ogen in het blozende gezicht staan vastberaden, zij twijfelt geen moment over wat ze moeten doen.

'Weet jij de weg naar Midwolda?' vraagt hij dan. 'We moeten ergens de Westerwoldse Aa oversteken en dat zal niet meevallen nu.'

Margje knikt tevreden. 'De boodschapper weet dat misschien.' Ze draait zich om en gaat naast de boodschapper aan tafel zitten. 'Hoe komen we het best in Midwolda?'

De man krabt in zijn baard en staart nadenkend voor zich

uit. 'Je kunt het beste de Aa volgen. Een stuk zuidelijker is een veer. Het is te hopen dat je daar nog kunt oversteken.'

Hiddo loopt naar hen toe. 'Via dat veer ben ik ook gekomen. Dan kunnen we via mijn huis rijden en kan ik mijn vader meteen vertellen dat het goed met me gaat. Ik ben gisteren zo van huis weggereden, achter die kerels van Keno aan. Hij zal bezorgd zijn en zich afvragen waar ik nu ben. En vanuit Beerta weet ik de weg naar Midwolda. Daar wonen mijn oom en tante.'

'Heel goed!' Margje springt op. 'Dan gaan we nu onze paarden zadelen.'

Weetje

Heel lang geleden behoorden de Friese landen aan Karel de Grote. Die landen strekten zich uit van West-Friesland in Noord-Holland tot ver in het huidige Duitsland. In die tijd was er maar één christelijke kerk in Europa: de katholieke. En de paus stond aan het hoofd daarvan. Die zetelde in Rome. Niet-christenen vonden die kerk te machtig worden en ze besloten Rome aan te vallen. Dat deden ze met succes: ze veroverden de stad en namen Paus Leo III gevangen en ze staken hem zelfs zijn ogen uit.

Dat vond Karel de Grote te ver gaan. Met de koning van Engeland en die van Denemarken bracht hij een enorm leger op de been om Rome en de paus te bevrijden. De zeven Friese landen leverden elk duizend man. Ze vertrokken onder leiding van Magnus Fortema uit Harlingen naar Rome.

Onderweg ontdekte Magnus dat Karel snode plannen had. Hij wilde de Friezen in de frontlinie zetten en hen alleen de strijd in sturen. Ze waren dapper en als ze Rome zouden bevrijden, was het aan Karels leger te danken en had hij de rest van zijn leger gespaard. Als de Friezen de strijd om Rome zouden verliezen, zou er niemand om hen treuren behalve hun vrouwen en kinderen. Ze hadden namelijk geen belangrijke vrienden of bondgenoten.

Magnus vertelde zijn mannen wat hij gehoord had en ze

besloten Rome zelfstandig te veroveren. Niet voor Karel, maar voor de Friezen zelf.

De Friezen bevrijdden Rome en Karel bedankte Magnus. Hij vroeg hem om de sleutels van de stad, maar Magnus wilde die slechts op één voorwaarde geven. Hij wenste de eeuwige vrijheid voor alle Friezen. Nooit meer zouden ze hoeven te gehoorzamen aan een vreemde vorst. Karel legde dit vast in een document, ondertekend door hem en door Paus Leo III. Daarmee ging Magnus naar huis, en sindsdien dulden de Friezen geen gezag boven zich.

Zo komen de Friezen aan hun eeuwige vrijheid. Jammer genoeg is het document nooit meer gevonden, dus wordt er aan de waarheid van het verhaal getwijfeld. Maar in Rome staat een kleine kerk, vlak bij de Sint Pieter. Daarin is een steen te zien uit de 8e eeuw. Daarop staat een tekst gebeiteld: *De Friezen waren hier. Zij veroverden Rome.*

Gesprek met ridder Keno

De lucht is nog steeds grauw en het waait stevig, al stormt het niet meer. Het regent, en al zijn de druppels zo fijn dat je ze niet kunt onderscheiden, je wordt er wel degelijk nat van. Gelukkig heeft Hiddo nu ook zijn grote mantel meegenomen van thuis en de grote kap ervan tot ver over zijn hoofd getrokken. Margje rijdt achter hem. Ze zijn net de Tjamme overgestoken en de grond lijkt hier natter dan anders. De hoeven van hun paarden worden erin vastgezogen en het wordt steeds moeilijker om vooruit te komen. Hiddo is net zo geconcentreerd als Elke. Iedere voetstap is nu belangrijk.

'O nee,' gilt Margje ineens. 'Alle rotte appelen nog an toe...'

Hiddo draait zich om in zijn zadel. 'Alles goed?'

'Nee.' Margje laat zich uit haar zadel glijden. 'Ze gleed uit en ging door haar hoef. Ze is kreupel.'

Dat kunnen ze echt goed gebruiken nu. Hiddo stijgt af en buigt zich naast Margje over het been van haar paard. Net of dat helpt. Kreupel is kreupel.

'Ik loop wel,' zegt Margje en ze trekt haar rijdier aan de teugels achter zich aan. 'Als ik haar nu nog verder belast...'

Hiddo kijkt van Margje naar Elke en terug. Als ze gaan lopen, komen ze er helemaal nooit. Ze moeten die Keno zo snel mogelijk te pakken krijgen. 'Daar hogerop zal de grond droger zijn. Kom maar voor in mijn zadel. Dat gaat sneller.'

'Nou, sneller,' bromt ze. 'Met zijn tweeën op een paard en een kreupele knol erachteraan...'

De tocht lijkt eindeloos te duren. Elke zet voorzichtig voet voor voet, Margjes paard hinkstapt erachteraan.

Ze volgen een poos de kustlijn van het Huningameer en iets voorbij Oostwold wijken ze ervan af. Hier merk je niets van overstromingen. Midwolda ligt op hoger gronden, weet Hiddo van zijn vader.

'Die Keno is allang weer vertrokken tegen de tijd dat wij er zijn...' zegt Margje voor de zoveelste keer. Hiddo antwoordt niet meer.

Eindelijk zien ze Midwolda liggen. De grote basiliek torent boven alles uit, maar het steenhuis van Sebold en Fenna is dichterbij.

'Hiddo!' Een jongen van zijn eigen leeftijd komt hem tegemoet lopen. Het is Bront, de zoon van een van de boeren die op het land van zijn oom wonen. 'Dat zullen je oom en tante leuk vinden. Ze hebben trouwens heel belangrijk bezoek. Een echte ridder! Die is echt schitterend! Ik heb nog nooit zoiets gezien, jij wel?'

Ja, hij wel. Hiddo houdt even zijn adem in. Keno is hier! Wie had dat gedacht?

Margje tuit haar lippen. 'We hebben ongelofelijk geluk. Of je oom is de belangrijkste hoofdeling uit de buurt?' Ze kijkt hem vragend aan.

Hiddo knikt. 'Ik geloof het wel. Daar sta ik nooit zo bij stil.' Hij springt uit zijn zadel. Zijn hart fladdert als een vlinder in zijn borst en als hij de teugels van Elke aan Bront geeft, merkt hij dat zijn handen trillen. Nu komt het eropaan. Tot op dit moment kon hij zich niet voorstellen dat ze Keno zouden vinden, en dat hij echt met hem zou moeten praten. Maar nu is het zover.

Bront heeft ook de teugel van Margjes paard overgenomen en Margje komt naast Hiddo staan. Ze legt een hand op zijn arm en kijkt hem ernstig aan. 'Je kunt het,' zegt ze zacht. 'Laat je niet van de wijs brengen door dat gouddraad op zijn borst en andere mooie spullen. Hij heeft hier niets te zoeken. En als hij de baas wil zijn, moet hij ook de dijken en zijlen repareren.'

'Weet je wat die ridder zei?' kletst Bront en hij knikt naar de ladder die naar de eerste verdieping leidt. "Het is hier overal even primitief." Echt waar. Dat zei hij.'

Dat doet het hem. Weg zijn de zenuwen, en de boosheid van gisteren is terug. Wie is er hier primitief? Die kerel rijdt als de eerste de beste rover door het land en waagt het om commentaar te hebben op de mensen die hij besteelt. Dat is erger dan primitief, dat is hondsbrutaal.

Snel bestijgt Hiddo de ladder en door het gewiebel onder hem weet hij dat Margje hem volgt.

'Hiddo!' Zijn tante Fenna staat boven aan de ladder. 'Jongen toch! Kom je kijken hoe het met de kleintjes is?' Ze steekt haar hand uit en trekt hem de grote zaal in. 'En je hebt gezelschap bij je! Wat goed! Annechien, de kleintjes!' roept ze over haar schouder. Dan kust ze hem en haar wangen zijn warmer dan de zijne. Even houdt ze zijn gezicht vast en ze kijkt hem in de ogen. 'Hoe gaat het met je vader? Redden jullie het?'

Een oudere vrouw komt naast tante Fenna staan, met in elke arm een blozende baby. Zijn broer en zus! Wat heeft hij die lang niet gezien! Het waren onooglijke scharminkeltjes toen Hiddo en zijn vader ze hier brachten, maar dat zou je nu niet meer zeggen. De ene baby is steviger dan de andere, maar ze zien er allebei even gezond uit.

Voorzichtig neemt hij een van de baby's van de vrouw over, de stevigste van de twee. 'Is dit Siert of Swaantje?' Hij voelt dat hij rood wordt. Het is ook zo stom, dat je je eigen broer en zus niet eens uit elkaar kan houden.

'Jij hebt Siert. Je kunt het verschil goed zien,' legt Annechien uit. 'Hij heeft een veel groter hoofd dan zijn zus. Dit schatje met dat smalle kopje, dat is Swaantje.'

Margje pakt zijn zusje aan en geeft haar voorzichtig een kusje. 'Wat een schatje!' zegt ze en Hiddo gloeit ineens van trots. Dit is allemaal familie van hem!

Een onbekende bromstem. Hiddo's hoofd schiet omhoog. Ridder Keno. Daar komen ze hier voor, niet voor Siert en Swaantje. In één klap is de boosheid terug die hij voelde toen hij de ladder op ging. Hij geeft zijn broertje voorzichtig terug aan Annechien en met zijn ogen zoekt hij die van Margje. Ze knikt. 'Is dat hem?' vraagt ze zacht. Zij legt Swaantje in de armen van Fenna en naast elkaar gaan ze op het geluid af. Voor het eerst vindt Hiddo het fijn, dat Margje zo stoer is. Samen zijn ze sterker dan hij alleen.

En dan ziet hij hem. Ridder Keno. Hij staat naast de haard en leunt nonchalant met een hand op de schouw. Dat kan alleen omdat hij zo lang is. Vanuit de hoogte kijkt hij op oom Sebold neer. Die is niet groot; zijn gestalte is kort en gedrongen, dat weet Hiddo ook. Maar naast Keno lijkt hij een onbeduidend mannetje.

Hiddo's maag trekt samen. Dit is hem, die rotkerel. De vreemdeling van ver die alles verstoort. Even voelt hij een onweerstaanbare drang om op de man af te stormen en hem te schoppen en te slaan, maar dat gevoel maakt snel plaats voor een kalme scherpte. Dit moet hij niet verpesten door een kinderachtige jongensactie.

Hij stapt op de ridder af en maakt een kleine buiging met zijn hoofd. 'Ridder Keno, heer van Reiderland en Oldambt?' vraagt hij.

Een lichte glimlach glijdt over het gezicht van de vreemdeling. Raak. Hiddo heeft zijn trots gevonden.

Zijn oom Sebold kan er niet om lachen. Verschrikt kijkt hij van Hiddo naar Keno. Blijkbaar is hij bang dat Hiddo de sfeer verpest. 'Dit is mijn neef Hiddo, zoon van Jannes, hoofdeling van Beerta en Ulsda.'

'Uw neef is goed op de hoogte.' Keno kijkt welwillend naar Hiddo.

'Ik ben hier met Margje, de dochter van hoofdeling Hindrik Uwinga uit Houwingaham,' Hiddo wijst op Margje en verbaast zichzelf daarmee. Hij betrekt een meisje bij het gesprek, terwijl hij zich gisteren nog boos maakte dat ze zich er ongevraagd in mengde.

Margje tilt haar rok op en zakt even door haar knieën. Het is een elegante damesbuiging en Hiddo schiet bijna in de lach. Waar heeft ze dat geleerd? Maar ook Margjes gedrag is in de roos. Ridder Keno neemt haar hand en brengt die even naar zijn lippen. 'Vrouwe Uwinga,' zegt hij beleefd. Margjes ogen twinkelen. Blijkbaar denkt ze hetzelfde als Hiddo. In wat voor een toneelstuk zijn ze nu weer beland?

'Wij komen uw hulp vragen, heer van Reiderland en Oldambt. Uw landen zijn in gevaar.' Margje buigt haar hoofd terwijl ze praat. Het ziet er heel nederig uit. Dat gaat wel heel ver, en Hiddo neemt het over.

'Wij waren bij uw toespraak in Termunten, heer. U vertelde

dat u voortaan de verantwoordelijkheid voor deze landen heeft. En uw landen verkeren inderdaad in groot gevaar. De Reiderzijl is doorgebroken en de Westerwoldse Aa stroomt over het land. Dijken bleken zwak en ook de Tjamme is op sommige plaatsen buiten de oevers getreden. Namens de inwoners van Reiderland kom ik u vragen de zijlen en dijken te repareren. Als er weer een storm komt, moeten we daarop voorbereid zijn. Dat is de enige redding voor ons land.'

Sebold doet zijn mond open en dicht, als een vis op het droge.

Keno trekt zijn mondhoeken vol minachting naar beneden. 'Dit land is niet te redden. Ik trek er sinds een paar dagen doorheen en heb flinke problemen geconstateerd. De hoofdelingen van Reiderland en Oldambt kennen geen gezag, ze zijn voortdurend in vetes met elkaar verwikkeld, zonder dat ze oog voor hun land hebben. Ik zal ze eerst moeten leren wie de baas is, voordat we kunnen spreken over de dijken en de zijlen.'

'Als u daarop wacht, bent u uw landen kwijt bij de volgende storm. Ik kan me niet voorstellen dat dat uw doel is.' Margjes stem klinkt onderdanig, maar haar boodschap is dat niet. Hiddo slikt. Ze heeft gelijk, maar is dit de manier om Keno voor hun doel te winnen?

'Deze landen zijn mij geschonken door de koning van Napels, maar hij weet duidelijk niet wat hij weggegeven heeft. De oorzaak van de overstromingen ligt niet in een slecht zijl of een zwakke dijk. Het is de schuld van de hoofdelingen.' Keno's toon is rustig, maar Hiddo voelt zijn woede toenemen.

'Hoe kan het de schuld van de hoofdelingen zijn?' Hij probeert zo aardig mogelijk te kijken. 'Tot nu toe hebben zij de zijlen en dijken goed onderhouden.'

'Het ligt niet aan de dijken en de zijlen!' Keno slaat met zijn vuist op de rand van de schouw. 'Die stommelingen graven overal het veen af en dat verkopen ze. Kortzichtig! Het land zakt en daar is niets tegen te doen. Uiteindelijk zal het overspoeld worden door de Eems. Het geschenk van de koning van Napels is als een zeepbel: glanzend stijgt hij op, maar als je hem echt bekijkt, spat hij uit elkaar.'

De laatste woorden van Keno dringen nauwelijks tot Hiddo door. Zijn gedachten blijven haken bij zijn eerdere uitspraak over het veen. Dat hij daar nooit aan gedacht heeft... Het is hun eigen schuld! Daar heeft de vreemdeling gelijk in. In heel Reiderland vergroten hoofdelingen hun grondgebied door afgraven van veen. Ze weten immers dat onder de veenlaag vruchtbaar land ligt. Maar wat blijft erover? Water, en dat moet ergens heen. En het land zakt door het afgraven van het veen.

Margje port in Hiddo's zij en ze trekt haar wenkbrauwen op. Zonder dat ze iets zegt, is haar vraag duidelijk. Waarom geeft hij ridder Keno geen scherp antwoord?

Weetje

Veen is een grondsoort die ontstaan is uit verkoolde planten. Het kwam in Nederland veel voor, in een soort moerassen. Ook in Oost-Groningen was er veel veen. In de tijd van dit verhaal ontdekten mensen dat er onder die veenlaag goede grond te vinden was. En dus ontgonnen de hoofdelingen die veengrond stukje bij beetje. Als je de veengrond liet drogen, werd het turf en daar kon je heel goed mee stoken. Veen winnen had dus dubbel voordeel: je hield er betere grond aan over én je had bovendien bruikbare brandstof.

Maar het had ook nadelen. Als je veen afgroef, lag de grond die overbleef vanzelf lager. Veen was een soort spons en het nam veel water op. Als je het weghaalde, hield je water over. De mensen moesten slootjes en kanalen graven om dat water kwijt te raken.

Omdat de hoofdelingen allemaal eigen baas waren, was er niemand die de veenontginning coördineerde. Daardoor ging het op sommige gebieden heel snel en niemand hield in de gaten of de afwatering wel goed geregeld was, of de bodem te snel zakte. Er zijn deskundigen die zeggen dat de Dollard ontstaan is doordat de bodem zakte als gevolg van de veenontginning.

De volksvergadering

'We moeten weer gaan,' zegt Margje. Ze maakt weer zo'n damesbuiging en trekt Hiddo met zich mee. Verdwaasd volgt hij haar naar de trap. Wat gaan ze doen? Waar moeten ze heen? Het loopt al tegen het eind van de middag. Straks is het donker en kunnen ze nergens meer terecht.

'Maar jullie zijn er net!' zegt tante Fenna. Ze begrijpt er zo te zien net zo weinig van als Hiddo. Het verschil is, dat Hiddo Margje is gaan vertrouwen. Zoals ze daarnet naast hem stond... Een echte vriend. Wanneer heeft hij dat gevoel voor het laatst gehad? Dat kan hij zich niet herinneren.

En nu weet hij niet hoe hij het probleem met ridder Keno moet oplossen, maar zij heeft blijkbaar een idee. Zijn hersens draaien al dagen rondjes rond dezelfde problemen: de voorspelling, de storm, ridder Keno en de ruzies die zijn komst met zich mee brengt. Margje is slim. Misschien krijgt zij voor elkaar wat hem niet lukt: het bedenken van een oplossing. En daarom doet hij iets, wat hij een paar dagen geleden niet voor mogelijk had gehouden: hij laat de leiding over aan een meisje. Al is het maar voor even.

'Ik leen een paard van jullie,' zegt ze tegen Bront in de stal. 'Dan heeft mijn rijdier de tijd om zich te herstellen. Op de terugweg kom ik de paarden wel weer omwisselen.' Het klinkt zo vanzelfsprekend dat Bront zonder aarzeling een ander paard uit de stal haalt. Hiddo onderdrukt een lach. Wat een lef heeft dat kind!

'Waar gaat die weg heen?' vraagt Margje aan Bront als hij haar kersverse paard naar buiten leidt.

'Naar Scheemda. Dat is niet ver.'

'Dan gaan we naar Scheemda.' Margje spoort haar paard aan en Hiddo volgt haar. Hij vraagt haar niets zolang Bront het kan horen. Keno moet in geen geval te weten komen wat ze gaan doen. Hiddo kan wachten.

'Luister,' zegt Margje, zodra ze de brug over zijn. 'Ik zag wel dat die ridder met zijn vreemde praatjes jou helemaal inpakte en dat je hem geloofde. Dat het onze eigen schuld is, als die voorspelling uitkomt. Daarom moest je met me mee, en snel ook.'

Ze trekt haar mantel steviger om zich heen en kijkt naar de lucht. 'Ik hoop maar dat het niet weer gaat stormen. Dan gaat het helemaal mis.'

Hiddo klakt met zijn tong. Dit keer zorgt hij dat Elke een hoofdlengte voor loopt. 'Maar Margje...'

Die schudt ongeduldig haar hoofd. 'Het kan allemaal best zo zijn als die ridder Keno beweert: dat het de schuld van de hoofdelingen is dat het land zakt en dat het water stijgt. Maar wat geeft het, wiens schuld het is? Er moet iets gebeuren en de Reiderzijl moet in ieder geval gerepareerd worden. We gaan toch niet wachten tot heel Reiderland overstroomt, zonder er iets aan te doen?'

Hiddo neemt haar op, terwijl ze zo heftig aan het redeneren is. 'Nee, ik wil ook niet wachten. Maar wat kunnen we er in vredesnaam aan doen? We hebben volgens mij twee problemen: we moeten zien dat we van die Keno afkomen én we moeten zorgen dat de Reiderzijl gerepareerd wordt en dat allebei zo snel mogelijk.'

Margje houdt haar paard in en kijkt hem aan. 'De volksvergadering in Palmar! Volgens mij is die binnenkort. Ik heb mijn vader erover horen praten. Je weet toch dat er elk jaar een volksvergadering is?'

Natuurlijk weet Hiddo dat, maar hij heeft er geen moment aan gedacht. Elk jaar komen de hoofdelingen van Reiderland en Oldambt samen om de wetten met elkaar te bespreken. En ieder jaar kiezen ze uit de aanwezige hoofdelingen een redger, iemand die het komende jaar zal rechtspreken. De volksvergadering vindt plaats in het klooster van Palmar. De abt van dat klooster is een vredelievende man en hij heeft een goede invloed op de soms heethoofdige hoofdelingen. Dankzij hem en de volksvergadering is het nu al langere tijd vrede.

'Op de volksvergadering moeten we de hoofdelingen waarschuwen voor Keno en hen vertellen dat de Reiderzijl gemaakt moet worden.' Margje kijkt triomfantelijk

'O, zo makkelijk is het dus.' Hiddo probeert zijn stem niet al te spottend te laten klinken. 'We gaan daar naar binnen: twee kinderen van elf. We waarschuwen voor Keno en zeggen dat het zijl gemaakt moet worden. De vergadering valt stil en er wordt meteen naar ons geluisterd.' Hij bootst de stem na van een hoofdeling. '"Nee, jongens, is het echt? We zullen meteen doen wat jullie zeggen. Bedankt hoor. Goede tip".'

'Nou ja.' Margje klinkt ineens een stuk onzekerder. 'Heb jij dan een beter plan?'

Dat niet. En dat van Margje is niet helemaal belachelijk. Als er ergens een nuttige beslissing genomen wordt, dan is het op de volksvergadering. Misschien is er toch iemand te vinden die naar hen wil luisteren. De vader van Margje nam hem tenslotte ook serieus toen hij over de voorspelling vertelde, en over ridder Keno. Maar Margjes vader is een uitzondering. Die luistert naar zijn dochter en dat heeft Hiddo nog nooit eerder van een hoofdeling gezien.

'Wat gaan we dan in Scheemda doen?'

'Ik dacht...' Margje aarzelt. 'Daar is vast ook een hoofdeling en die kan ons vertellen wanneer die volksvergadering is. Als we dat aan je oom en tante vragen, hoort Keno er ongetwijfeld ook van. En met een beetje pech is hij eerder in Palmar dan wij. Hij moet niet argwanend worden. En we kunnen die hoofdeling in Scheemda dan meteen vertellen dat Keno een schurk is. Als Keno tenminste nog niet in Scheemda is geweest.'

Hiddo kijkt naar de lucht en knikt. 'En hopelijk kunnen we er een plaatsje voor de nacht krijgen, want het wordt al aardig donker.'

Zwijgend rijden ze naast elkaar. Het waait nog steeds stevig, als een voortdurende herinnering aan het dreigende gevaar. Ze komen onderweg niemand tegen, totdat ze vlak bij Scheemda zijn. Er loopt een groep mensen langs de weg. Armoedzaaiers zijn het, dat zie je van verre. Eén draait een houten ratel in het rond. Hiddo huivert. Melaatsen. Het is een slecht teken als je die ziet.

'Niet kijken,' fluistert Margje. 'Ze zeggen dat melaatsen het boze oog hebben.'

Ze heeft gelijk. Stel je voor, het boze oog. Dat kunnen ze nu al helemaal niet gebruiken. Ze sporen hun paarden aan en in galop halen ze de zieken in. Hiddo houdt zijn blik strak op de rug van Elke gericht.

'Een kleinigheid voor de zieken!' roept een man ze achterna. Maar Hiddo schudt alleen maar zijn hoofd. Hij heeft ook geen geld bij zich.

Het schemert al als ze een steenhuis zien liggen, niet ver van de kerk. Gelukkig. Meestal vind je in elk dorp wel een hoofdeling die de baas is over de rest, maar je weet het maar nooit. Sommige machtige hoofdelingen hebben een veel groter gebied tot hun beschikking, weet Hiddo van zijn vader. De brug over de gracht is omhoog en er is geen ladder te zien die naar boven leidt. Het steenhuis is donker en er valt geen licht naar buiten door de kleine vensteropeningen. Naast het steenhuis staat een houten huis. Zou de hoofdeling daarin wonen? Of is het voor een van zijn boeren?

Hiddo haalt zijn koehoorn onder zijn mantel vandaan en blaast er stevig op.

Er gebeurt niets. Hiddo en Margje kijken elkaar aan. Misschien is er niemand. Daar hebben ze niet op gerekend. Waar moeten ze overnachten als er hier niemand thuis is? Hiddo denkt aan de melaatsen die het dorp naderen en hij rilt.

'Heel even wachten nog,' fluistert Margje en Hiddo knikt, al heeft hij weinig hoop. 'Ik blaas gewoon nog een keer,' zegt hij en hij voegt de daad bij het woord.

Dan piept er iets en Margje stoot Hiddo aan. De deur van het houten huis gaat op een kier open. 'Wie is daar?' Het is de stem van een oude vrouw.

'Goed volk!' roept Margje. 'Ik ben Margje, dochter van Hindrik Uwinga en ik reis met Hiddo, zoon van hoofdeling Jannes te Beerta.'

Dan gaat de deur verder open. 'Wacht maar. Ik zal de brug neerlaten.'

Een kromme vrouw schuifelt naar de lier van de brug en begint te draaien. Hiddo haalt opgelucht adem. Het gaat niet snel, maar ze kunnen er in ieder geval in.

'Twee kinderen, en dan zo laat op pad...' bromt de vrouw, maar ze lijkt niet echt op een weerwoord te wachten. Eindelijk is de brug naar beneden en zodra Hiddo en Margje erover zijn, haalt de vrouw de brug weer op. 'Ik ben alleen. Daarom ben ik voorzichtig, begrijp je. Mijn zoon is vertrokken naar Palmar. Daar is over een paar dagen een volksvergadering en hij is al wat eerder vertrokken, omdat hij nog een bezoek af wil leggen. Het zijn vreemde tijden. Dus heb ik hem beloofd dat ik er niemand in zou laten. Maar om de deur voor kinderen gesloten te houden...'

Ze knikt naar het steenhuis. 'Zetten jullie zelf de paarden binnen? De jongen die met de dieren helpt, is naar huis. Ik zal kijken of ik een kom soep voor jullie heb.'

De vrouw draait zich om en loopt naar het houten huis. Ze trekt met haar been, alsof ze er pijn in heeft.

'Aardig dat ze ons toch binnenlaat,' vindt Margje. 'Ik weet niet of ik dat aan zou durven, met al dat vreemde volk dat langs de wegen trekt.' Ze zegt hardop wat Hiddo denkt.

Even later zitten ze bij het vuur van de oude vrouw. Ze geeft hun allebei een dampende kom soep en een stuk brood. 'En vertel me nu eens, waarom twee zulke jonge kinderen alleen op reis zijn. En dan nog wel een meisje...' Ze kijkt Margje hoofdschuddend aan. 'Dat je moeder dat goedvindt...'

'Ik heb geen moeder,' zegt Margje. Ze buigt haar hoofd diep in de kom soep en blaast. Hiddo slikt. Daar heeft hij geen moment bij stilgestaan. Wat stom! Misschien dat ze daarom zo stoer is geworden. Ze moet alleen opgegroeid zijn bij haar vader en die stoere oma.

Hiddo vertelt de vrouw over de voorspelling, Keno, de Reiderzijl en tenslotte Margjes plan om naar de volksvergadering in Palmar te gaan. 'Maar of er iemand naar twee kinderen luistert...' besluit hij. Margje werpt hem een boze blik toe, maar voordat ze iets kan zeggen doet de oude vrouw dat al.

'Ik luister wel naar jullie.' Ze knipoogt naar Margje. 'Maar ik denk wel dat Hiddo gelijk heeft. Het zal moeilijk zijn om de aandacht van al die kerels te vragen. Ze luisteren nauwelijks naar hun eigen vrouw, laat staan naar twee kinderen. Eigenlijk zou je iemand mee moeten nemen, die indruk maakt. Naar wie iedereen luistert.'

Het is een goed idee. Dat wel. Maar wie zou dat in vredesnaam kunnen zijn? Dus Hiddo haalt zijn schouders op. 'Waar halen we zo iemand vandaan?'

'Uit Winschoten.' De vrouw knikt beslist. 'Dat is het allerbeste.'

Margje en Hiddo kijken elkaar aan. Is die vrouw niet goed wijs? Je hoort wel eens dat oude mensen hun geheugen kwijtraken en daardoor rare dingen zeggen. Maar in dat geval had die zoon zijn moeder nooit alleen thuisgelaten.

De vrouw glimlacht. 'Ik ben niet gek! Maar ik leg het waarschijnlijk niet goed uit. Jaarfke, de man van de voorspelling, die woont in Winschoten.'

Hiddo springt op. 'Jaarfke? Leeft die nog? Ik dacht dat die voorspelling al heel oud was! En u kent dat verhaal dus!'

'Kalm!' zegt de vrouw lachend. 'En vergeet niet je soep op te eten. Jij bent niet de enige die de voorspelling kent. Hij is zelfs tot hier in Oldambt doorgedrongen, dankzij jouw oom Klaas. Die oom van jou uit Oosterreide heeft zich daar een paar jaar geleden flink druk over gemaakt. Hij vertelde het aan iedereen die voorbijkwam en hij liet het aan iedereen lezen die maar lezen kon. Mensen lachten hem en Jaarfke uit. Sindsdien wil jouw oom er niets meer van weten en Jaarfke heeft zich teruggetrokken. Hij leeft als een kluizenaar in het dorp Winschoten aan de Renzel.'

'Is dat ver hier vandaan? En kunnen we daar nog heen voor de volksvergadering?' Margje blijft praktisch.

'Het is niet meer dan een paar uur gaans van hier. En de volksvergadering is op de dag van Sint Apollonia.'

Margje staat op, slaat haar armen om de oude vrouw en geeft haar een dikke kus. 'U bent geweldig!'

Melaatsheid is de ziekte die we tegenwoordig lepra noemen. Dokters weten er nu alles van, maar in de riddertijd niet. Mensen die de ziekte hebben, kunnen er op den duur eng uit gaan zien. Besmette delen van het lichaam gaan verkleuren en vergroeien, of zweren. Je kunt er ook blind van worden.

De ziekte wordt veroorzaakt door een bacil die door hoesten, niezen of ademhalen kan worden overgebracht. Die bacil overleeft het niet lang buiten het menselijk lichaam en daarom is de kans op besmetting klein. Je kunt er wel zeven jaar mee rondlopen voordat het duidelijk wordt dat je de ziekte hebt. Zo'n dertig jaar geleden zijn er medicijnen voor uitgevonden.

Mensen in de riddertijd die de ziekte hadden, werden uit de maatschappij verstoten. Ze woonden soms in een soort ziekenhuis buiten de stadspoorten, maar ze trokken ook bedelend rond. Melaatsen moesten waarschuwen dat ze eraan kwamen en dat deden ze met een houten ratel.

Ze mochten de kerk niet in. Om te zorgen dat ze toch de mis konden meemaken, was er in sommige kerken een speciaal laag raampje gemaakt. Daardoor konden ze van buiten de mis volgen en aan het eind de hostie ontvangen door het raam.

Ontmoeting met Jaarfke

'Waarom wil niemand zeggen waar die man woont?' Margje kijkt om zich heen. Ze staan bij de toren van de kerk van Winschoten. Donkere wolken jagen langs de hemel en de bomen langs het kerkhof buigen bijna dubbel.

'We zijn op de verkeerde plek.' Hiddo trekt Elke met zich mee. 'We staan hier midden in Winschoten en de oude vrouw zei dat hij als een kluizenaar woont. Dat is in ieder geval niet hier. Maar waar dan wel...?'

Margje trekt haar schouders op. Zo te zien is ze net zo teleurgesteld als hij. Aan iedereen die ze onderweg tegenkwamen hebben ze het gevraagd: 'Weet u waar Jaarfke woont?'

Maar niemand kon een verstandig antwoord geven. 'In zijn huis,' zei een lolbroek. 'Daar waar je hem niet zoekt,' had een ander gezegd.

'Houd de teugels eens vast.' Hiddo geeft ze aan Margje. 'Ik ga het aan de pastoor vragen. Een kluizenaar wijdt zijn leven aan God. Als iemand een kluizenaar kent, moet het de pastoor zijn.'

Margje neemt zwijgend de teugels aan. Hiddo duwt de grote houten deur open. De kerk is aan Sint Vitus gewijd, dat ziet hij aan het heiligenbeeld dat vlak bij de deur staat. Hij herkent de ketel waarmee de heilige is afgebeeld. De beschermheilige tegen bedplassen. Ineens is hij weer vijf en hij staat aan de hand van zijn moeder bij de pastoor. 'Het gebeurt nu elke nacht,' fluisterde zijn moeder. 'Mijn man vindt dat ik er iets aan moet doen, maar ik zou niet weten wat.'

De pastoor wist het wel: 'Bidden tot de heilige Sint Vitus,' had hij gezegd. Hiddo kan zich niet herinneren of ze dat daarna gedaan hebben, maar hij weet nog wel hoe diep hij zich schaamde op dat moment in de kerk. Er trekt een rilling over zijn rug. Dat je in je bed plast is al erg genoeg, maar dat je moeder er dan ook nog over praat met de pastoor...

Hij loopt de kerk verder in. Die is groot en langgerekt, zonder zijbeuken. In het koor zijn ronde ramen waardoor het licht naar binnen valt. Echt prachtig. Hiddo herkent de geur van een gebouw dat nog maar net af is: een mengeling van vocht en cement.

De kerk lijkt leeg, maar dan hoort Hiddo iets. Er loopt een jongeman naar het altaar. Dat moet de pastoor zijn, aan zijn kleding te zien. Bereidt hij de volgende mis voor? Aarzelend loopt Hiddo zijn kant op. Zijn klompen klinken hol in de lege kerk en de pastoor kijkt op.

'Jongeman? Niet uit Winschoten zo te zien. Het dorp is zo klein, dat ik iedereen hier ken!' De pastoor loopt hem tegemoet. 'Heb je hulp nodig? Zoek je een luisterend oor, of wil je misschien samen bidden?'

Hiddo voelt dat zijn oren gloeien. Dat zou eigenlijk moeten, natuurlijk. Dan denkt hij aan Margje die voor de kerk staat en onwillekeurig schudt hij zijn hoofd. De tijd dringt. Ze moeten Jaarfke zo snel mogelijk vinden. 'Ik hoop dat u me op een andere manier kunt helpen. We zoeken Jaarfke, de ziener. Hij zou hier in Winschoten wonen.'

De pastoor glimlacht en pakt Hiddo's handen. 'Alleen God kent de toekomst, jongen. Bij hem moet je hulp zoeken en niet bij zo'n ziener.'

Hiddo haalt diep adem. 'Dat soort hulp zoek ik ook niet bij Jaarfke.' En hij vertelt de pastoor over Keno, de zijl en de volksvergadering. Terwijl hij praat, verandert de uitdrukking op het gezicht van de pastoor. Van vaderlijk vriendelijk wordt die ernstig en zelfs bezorgd.

'We hopen dat de deelnemers aan de vergadering naar Jaarfke zullen luisteren, vader,' besluit Hiddo. 'De kans is groot dat ze dat niet doen naar twee kinderen van elf.'

De pastoor knikt. 'Ik hoop dat je Jaarfke daarvan kunt overtuigen, jongen. Hij is een bitter man geworden en hij wil met niemand iets te maken hebben. Dat weet iedereen in Winschoten. Daarom zal geen mens je vertellen waar hij woont. Ik denk dat de boeren bang zijn dat hun iets vreselijks zal overkomen als ze hun mond voorbijpraten. Puur bijgeloof.

Ik zal je uitleggen waar hij woont, en dan moet je maar zeggen dat je dat van mij hebt.'

De pastoor legt een hand op zijn schouder en loopt met hem mee naar de deur. Buiten knikt hij vriendelijk naar Margje en dan wijst hij Hiddo waar ze heen moeten. 'Volg de Rensel stroomopwaarts…'

Het is te doen, maar Jaarfke woont in een klein huisje midden in het moeras. Een lastige weg en niet zonder gevaar, begrijpt Hiddo.

Ze bedanken de pastoor en gaan op weg. 'Als die man niet wil, gaan we toch zelf naar de volksvergadering,' zegt Margje, terwijl ze in stap langs het kerkhof gaan. 'Tot nu toe luisteren alle volwassenen naar ons. Waarom zouden de hoofdelingen van de volksvergadering niet luisteren?'

Maar Hiddo heeft daar niet zoveel vertrouwen in. 'De meeste hoofdelingen zijn ruige kerels en heel anders dan deze jonge pastoor of die oude vrouw van gisteren. Volgens mij is het al moeilijk voor een volwassene om aan het woord te komen in zo'n volksvergadering.'

Het laatste stuk van de weg moeten ze zonder paarden afleggen. Een smal pad kronkelt door het moeras. Zo smal dat Hiddo zich niet kan voorstellen dat een volwassene hier kan lopen, laat staan een paard. Ze steken voor de dieren een pin in de grond, die Hiddo speciaal voor dat doel aan zijn zadel heeft hangen. Hij legt zijn wang tegen de hals van Elke. 'We zijn zo weer terug,' zegt hij zacht. Dan kijkt hij recht in het gezicht van Margje. Lacht ze hem uit omdat hij tegen zijn paard praat? Even lijkt het erop, maar ze draait zich om zonder er iets van te zeggen. 'Ik ga voorop.'

Eindeloos lijkt het paadje door het moeras te slingeren. Hiddo trekt zijn lange wollen mantel hoog op en hij zet zijn voeten voorzichtig voor elkaar. Als hij maar niet nat wordt. Van vochtige kleren kan je zo door en door koud worden. Zou dit wel ergens toe leiden? Of hebben ze zich vergist en lopen ze al tijden de verkeerde kant op? Waar moeten ze vanavond slapen? Ze zijn al zo lang van huis en tot nu toe heeft het nog niets opgeleverd. Misschien moeten ze maar omkeren en een ander plan bedenken. Of gewoon met zijn tweeën naar de volksvergadering gaan.

'Ik zie wat!' Margje blijft staan en Hiddo kijkt over haar schouder. Ze heeft gelijk. Achter die struiken daar lijkt een donkere heuvel te zijn. Snel lopen ze door. Zou dit dan eindelijk het huis van Jaarfke zijn?

De struiken staan op een eilandje in het veen. Het is behoorlijk groot en in het midden is inderdaad een berg, een grote molshoop lijkt het. Nu ze dichterbij komen, ziet Hiddo dat de heuvel een ingang heeft. Het is een hol waar een vuurtje voor smeult. Wat moet het daarbinnen donker en vochtig zijn. Zou daar echt iemand wonen? Hiddo krijgt het koud bij de gedachte alleen al.

Er beweegt iets bij het vuur. Een donkere gestalte maakt zich los van de achtergrond. Het is een man met een donkerbruine mantel, die opstaat. Hij is mager en in zijn tanige behaarde gezicht gloeien donkerbruine ogen. Hij perst zijn dunne lippen vol afkeuring op elkaar als hij hen aankijkt.

'Jaarfke?' vraagt Margje en ze zakt weer iets door haar knieen. Het heeft wel wat, dat damesgedrag op onverwachte momenten.

De man zwijgt en blijft hen vuil aankijken.

'Mijn naam is Margje, dochter van Hindrik Uwinga uit Houwingaham en dit is Hiddo, zoon van Jannes uit Beerta. Wij komen uw hulp vragen.'

'Jullie willen zeker de toekomst weten?' Zijn stem klinkt rauw als van een krassende raaf. Hij praat vast nooit.

'Nee, die weten we al. Dankzij uw voorspelling,' zegt Hiddo en hij trekt zijn schouders recht. Nu ze hier eenmaal zijn, laat hij zich niet zo makkelijk wegsturen.

'Wij willen u vragen om mee te gaan naar de volksvergadering.' Margje zegt wel erg snel waar het op staat. Is dat wel slim? Hiddo had liever een iets langere inleiding gemaakt, maar het is niet meer terug te draaien.

'Zo, zo! Jullie durven!' De man lacht kakelend. 'Kom zitten en vertel me daar eens meer over.' Hij wijst naar een paar hout-

blokken die bij het vuur staan. 'Zoals je ziet heb ik zetels voor eventueel bezoek.'

Hiddo gaat naast Margje zitten op een van de blokken. Onwillekeurig schuift hij tegen haar aan. Met zijn tweeën zijn ze sterk.

Hiddo begint te vertellen. Hoe hij op bezoek ging in Oosterreide bij zijn oom Klaas en hoe hij daar de voorspelling las.

'Klaas is je oom?' Jaarfkes blik lijkt iets te verzachten. Daar put Hiddo moed uit om verder te gaan en hij vertelt over de raaf met de twee witte jongen in de harde maand, de vreemdeling die hij van overzee zag komen, de Reiderzijl die kapot is en de ruziënde hoofdelingen.

'Tja,' zegt Jaarfke tenslotte. 'Je vertelt me niets nieuws. Mijn voorspelling komt uit. Dat wist ik ook wel.' Hij port met een onverschillig gezicht in het vuur.

'Hebben jullie niets te eten bij je voor een oude man?'

Margje haalt een stuk brood onder haar mantel vandaan en een kruik bier. Die hadden ze voor onderweg meegekregen van de oude vrouw in Scheemda.

Jaarfke rukt het brood uit haar handen en begint het in een razend tempo naar binnen te proppen. Dan neemt hij de kruik bier en klokt die achter elkaar naar binnen.

Hiddo doet zijn best een gevoel van ergernis te onderdrukken. Hebben ze dat hele stuk gereisd, pakt die rare kerel hun eten af en straks kunnen ze weer dat pad terug lopen, zonder dat ze iets bereikt hebben. Mooi is dat.

'En wat verwachten jullie van mij?' Jaarfke haalt zijn mouw langs zijn mond, rochelt en fluimt naast het vuur.

'Dat u de hoofdelingen oproept om samen de zijlen te repareren en niet naar Keno te luisteren,' legt Margje geduldig uit.

'Aan een voorspelling verander je niets. Ik heb alleen gezien dat het zou gebeuren en wanneer. Ik ben geen tovenaar. Ik kan niets aan de situatie veranderen.'

Dat is wat Hiddo ook steeds meer begrijpt, maar ineens bedenkt hij iets nieuws. 'Veranderen kunt u het niet, maar wel voor uitstel zorgen. Als de Reiderzijl gemaakt is voor de volgende storm, hebben de hoofdelingen tijd om na te denken wat hun volgende stap zou moeten zijn. Als het kapot blijft, spoelt ons kostbare land weg.'

'Wat kan mij dat schelen?' bromt Jaarfke. 'Ik zit hier goed. Ik wil er niets meer mee te maken hebben. Samen met je oom Klaas heb ik iedereen proberen te waarschuwen, jaren achter elkaar. Niemand die ons geloofde. Nou zoeken ze het maar uit.'

Margje legt een hand op Jaarfkes knie. 'Het kan u vast wel wat schelen, anders had u niet al die moeite genomen met de oom van Hiddo.

Misschien moet u Reiderland niet redden voor de eigenwijze volwassenen, maar voor de kinderen die er wonen. Wij luisteren immers wel. Wij doen met zijn tweeën ons best, en ik weet zeker dat er nog veel meer kinderen zijn die wel willen luisteren. Hiddo heeft een klein broertje en zusje, een tweeling is het. Dat zijn nog baby's! Ze zijn onschuldig en ze kunnen niet voor zichzelf opkomen. Dat moeten wij voor ze doen.'

'Heb je ook de rest van de voorspelling gelezen?' vraagt Jaarfke ineens en hij kijkt Hiddo recht in zijn ogen.

'Ja,' zegt Hiddo, 'dat er zeven jaar overstromingen zullen komen en dat heel Reiderland vernietigd zal worden.'

Jaarfke zucht. 'Dan heb je het laatste stuk gemist. Uiteindelijk zal graan groeien waar eerst het water was.'

Hiddo's hart springt op. Eindelijk goed nieuws! 'Dan komt het dus goed?'

'Nou...' Jaarfke krabt op zijn hoofd. 'Dat wel, maar ik weet alleen niet wanneer. Het kan heel lang duren. Wanneer is die volksvergadering eigenlijk?'

'Op Sint Apollonia,' zegt Margje en ze straalt.

Weetje

In de riddertijd hadden mensen geen horloge of agenda. De zon bepaalde hun dagritme. In de winter gingen mensen over het algemeen heel vroeg naar bed. Ze hadden immers geen stroom en ze waren zuinig op de olie voor hun olielampjes. Het kraaien van de haan, of het opkomen van de zon, maakte dat je wakker werd. Aan de stand van de zon konden mensen zien hoe ver de dag al gevorderd was.

De kalender was door de katholieke kerk gevuld met heiligen. Elke dag was er wel de naamdag van een heilige en dat wist iedereen. Zo kon je makkelijk afspraken maken: bijvoorbeeld dat de volksvergadering elk jaar op Sint Apollonia is.

Mensen hadden ook geen vakantiedagen, maar wel vrij op bepaalde naamdagen van heiligen. En dat waren er heel veel!

De naamdag van Sint Apollonia valt trouwens op 9 februari. En ze is de heilige die aangeroepen wordt bij kiespijn en de beschermheilige van de tandartsen. Ze wordt afgebeeld met een tang in de ene hand en een palmtak in de andere hand. In die tang zit vaak een kies.

Het klooster Palmar

Ze zijn er. Nu ze dichterbij komen, raakt Hiddo steeds meer onder de indruk. Wat een enorm complex! Zoveel stenen gebouwen heeft hij nog nooit bij elkaar gezien. Wat een bakstenen hebben die monniken gemaakt. Ongelofelijk. Je kan nauwelijks zien waar het ene gebouw begint en het andere eindigt.

'Ik dacht dat een klooster verstilling moest bieden in een drukke wereld,' mompelt Jaarfke als ze het plein van het klooster Palmar oprijden. Hiddo zegt niets. Die mopperkont zit al de hele dag voor hem in het zadel en hij is het meer dan zat. Jaarfke stinkt, zit onder de luizen, beweegt de hele tijd en hij moppert. Hiddo is blij dat ze er zijn. Dit had niet veel langer moeten duren, anders had hij Jaarfke van het paard gegooid en was hij alleen met Margje naar de volksvergadering gegaan. Hij denkt steeds meer, dat dat verstandiger was geweest. Natuurlijk wisten ze niet of iemand naar hen zou luisteren, maar wie zegt dat iemand de vreemde snuiter serieus neemt die nu voor hem in het zadel zit?

Margje rijdt voor hen uit. Aan haar rug alleen al kan Hiddo zien dat ze er zin in heeft. Haar schouders houdt ze recht, het hoofd in gespannen verwachting iets vooruit. Grappig. Het geeft hem moed als hij haar zo ziet. Zij heeft zoveel vertrouwen in de kracht van hun waarschuwing.

Boven het klooster pakken donkere wolken zich samen. Het is de hele dag droog geweest, maar dat is binnenkort afgelopen. Tussen de beschutte muren van het plein merk je nauwelijks hoe de wind vandaag is aangewakkerd. Bovendien is het er een te grote chaos. Overal lopen monniken, knechten met paarden, hoofdelingen met hun mannen, honden, kippen en een paar verdwaalde geiten. Mannen praten en schreeuwen begroetingen naar elkaar, paarden hinniken, kippen kakelen verontwaardigd en honden blaffen. Hiddo kan zich niet herinneren wanneer hij voor het laatst met zoveel levende wezens bij elkaar is geweest.

Margje springt uit haar zadel en kijkt even verloren rond. Dan stapt ze kordaat op Hiddo en Jaarfke af. 'Jaarfke, zal ik u een hand geven?'

'Ik dacht dat je het nooit zou vragen. Wat zit dat ongemakkelijk zeg, zo'n paard. En die vriend van jou hijgt de hele weg in mijn nek.' Steunend en kreunend laat Jaarfke zich op de grond zakken. Hiddo bijt zijn tanden op elkaar. Niets zeggen, wat er ook gebeurt. Want als hij een keer begint tegen die eigenwijze stinkvoorspeller...

'Hiddo! Jongen! Ik ben zo bezorgd geweest en je vader ook! Hoe lang ben je al onderweg? Van je vader hoorde ik, dat je zomaar vertrokken was uit Midwolda en dat niemand wist waar je heen was! Heb je je vader al gezien?' Twee lange armen om hem heen. Het is oom Klaas. Een golf van warmte stroomt door Hiddo. Hij maakt zich los uit de omarming en merkt dat hij als een dwaas staat te grijnzen. 'Ik was...'

Maar hij hoeft niets meer te zeggen.

'Jaarfke!' De stem van oom Klaas slaat over. Hij geeft een harde klap op de schouder van de voorspeller. Om hém slaat hij zijn armen niet heen. Verstandig. Hij weet zeker ook wat een viezerik het is. 'Ben je weer onder de mensen?'

Jaarfke trekt zijn wenkbrauwen op. 'Slimme vragen stellen is nog steeds niet je sterkste punt. Je neef en dat meisje daar hebben me weten over te halen. Nu maar hopen dat ik geen spijt krijg.'

Klaas kijkt met een vreemde blik naar Hiddo. Is hij trots op hem of ziet Hiddo iets verdrietigs in zijn ogen?

'Maar wat doe je hier?'

'Margje, Hiddo!' Dit keer wordt Margje omhelsd en Hiddo herkent nog net de baard van Hindrik Uwinga voordat zijn gezicht in haar haren verdwijnt.

'Dat jullie nu hier zijn...' Hindrik slaat nu een arm om Hiddo en een arm om Margje. 'Wat is er ondertussen allemaal gebeurd?'

De klok begint te luiden en overstemt alle gesprekken.

Een oude monnik met een prachtig sonoor stemgeluid roept iedereen op om naar binnen te gaan. 'De vergadering gaat beginnen! Komt allen naar de refter!'

'Dat is de eetzaal,' weet Margje.

De eerste dikke regendruppels beginnen te vallen en Hiddo kijkt naar de lucht. Dat wordt vast een zware storm... Kippenvel trekt over zijn rug. Als ze maar niet te laat zijn.

'Hoe moeten we het straks aanpakken?' vraagt hij aan Margje als ze eenmaal binnen zijn.

'Ik heb het er net met mijn vader over gehad. Hij zei dat er altijd aan het begin van de vergadering gevraagd wordt, wie er een punt wil inbrengen om te bespreken. Dan moeten we zeggen, dat wij zo'n punt hebben. Als we aan de beurt zijn, moeten we Jaarfke vragen om ons te helpen. Hij moet dan uitleggen waarom ze ons serieus moeten nemen.'

Moet dat zo? De moed zakt Hiddo in de schoenen. Wie zegt dat ze überhaupt het woord krijgen?

'Schiet nou op!' Margje trekt hem mee aan zijn mouw. 'Jij bent toch al bijna hoofdeling? Zo lang ik je ken, praat je met de mannen mee. Je denkt steeds dat jij dat kan en ik niet. Dan moet je het nu ook kunnen.'

Rare Margje. Ze heeft hem beter in de gaten gehad dan hij dacht. Maar ze heeft gelijk. Over een paar jaar moet hij misschien al mee vergaderen. Dan kan hij het nu ook. Hiddo recht zijn rug.

De refter is bomvol. De tafels zijn tegen de muur geschoven en daar zitten mannen op, met iets lager vóór hen andere mannen op banken. Is er nog een plekje voor hen? Dan slaat zijn hart een slag over. Daar zit zijn vader! Die springt op en in twee stappen is Hiddo bij hem. 'Ik hoorde al van Klaas dat je er was. Ik ben zo benieuwd wat jullie allemaal hebben meegemaakt!'

Er rinkelt een klein belletje en weer klinkt de sonore stem van de monnik. 'Ik verzoek iedereen te gaan zitten en te zwijgen, dan kunnen we met de vergadering beginnen.'

Margje schuift naast Hiddo's vader op de bank, Hiddo gaat op de grond voor haar zitten. Zijn ogen zoeken Jaarfke. Die staat bij de deuropening. Als hij er maar niet ineens vandoor gaat – je weet het nooit met die rare kwast. Er komt een oudere man in een witte pij binnen, vriendelijk knikkend naar de hoofdelingen.

'Dat is de abt,' zegt Hiddo's vader zacht.

De man gaat naar het midden van de zaal. Daar staat een tafel waar hij achter gaat zitten.

'De vergadering kan beginnen. Het is goed dat er zoveel hoofdelingen uit Oldambt en Reiderland aanwezig zijn. Er is een hoop onrust door de komst van ridder Keno, heb ik begrepen. Het lijkt me verstandig dat we het daar meteen maar over hebben. Wie mag ik daarover het woord geven?'

Meerdere hoofdelingen steken hun hand op en Margje schopt Hiddo in zijn rug. 'Hand omhoog!' sist ze. Van schrik springt Hiddo op en hij steekt zijn hand in de lucht. De abt glimlacht. 'Gezien,' zegt hij glimlachend. Hij wijst een hoofdeling aan. 'Tjarko Muntinga, ik geef je het woord.'

Muntinga gaat staan en maakt zich breed. 'Ridder Keno heeft Reiderland en Oldambt als geschenk van de koning van Napels gekregen. Hij is onze baas. We moeten hem gehoorzamen en de belasting betalen. Dan zorgt hij voor ons in tijden van nood.'

Van verschillende kanten klinkt instemmend gebrom.

'Onzin!' brult een ander. 'Laat hij de Reiderzijl eerst maar eens repareren, dan zien we wel of we hem gehoorzamen. Ik wil mijn koeien terug!'

Nu begint iedereen door elkaar te roepen en te schreeuwen.

De abt laat het belletje weer klinken. 'Ik zie dat er een heel jonge hoofdeling aanwezig is vandaag. Ook hij wil het woord voeren.'

Hiddo staat op en loopt naar het midden van de zaal. 'Wij maken hier ruzie en ondertussen vergaat ons Reiderland. Terwijl we hier zijn, zwelt de storm aan en de zijl is niet gemaakt. We moeten vrede sluiten, de zijl maken en die ridder Keno het land uit sturen. Het is zijn schuld dat de ruzie ontstaan is.' Hij praat zo hard mogelijk om indruk te maken, maar het lukt hem niet om de laatste zinnen nog over te brengen. Dat komt omdat hij overstemd wordt door gefluit en gejoel. 'We luisteren toch niet naar zo'n kind? Wie denkt hij wel dat hij is?'

De abt belt weer en kijkt Hiddo vragend aan.

'Naar mij willen jullie niet luisteren, maar misschien wel naar Jaarfke!' roept Hiddo en hij wijst naar de voorspeller. Meteen is het zo stil, dat je een speld kunt horen vallen. Met gevoel voor drama loopt Jaarfke langzaam naar het midden van de zaal. Hij maakt echt een opkomst. En er gaat gefluister door de rijen. 'Het is de ziener... het is de ziener...'

Jaarfke strekt zijn vinger in de lucht en zegt met krakende stem: 'Al wat land is, zal water worden... Zij die de dijken en zijlen moeten onderhouden, krijgen ruzie. En daardoor vergeten zij hun taken. De dijk zal breken bij Jansum en de Eems zal het land overstromen. Niet eens, maar meerdere malen. Zeven jaren lang en zo zal de Dollard ontstaan, een vlakte van water. De volgende dorpen en steden zullen verdwijnen: Stokdorp, Houwingaham, Reiderwolde, Torum...'

Margje slaakt een gil als ze de naam van haar dorp hoort noemen. Jaarfke noemt nog veel meer dorpen en Hiddo raakt de tel kwijt. 'De kloosters Palmar en Goldhoorn... Als de vreemdeling komt van overzee, zal het water veel schade toebrengen en de mensen arm maken. Het zal van jaar tot jaar erger worden, tot het Reiderland vernietigd is. Als de vreemdeling komt van overzee...' herhaalt Jaarfke nog eens. 'De vreemdeling is gekomen en jullie maken ruzie.'

Op dat moment rolt de donder over het klooster. Het grote onweer is begonnen. Hoofdelingen kruipen dichter tegen elkaar aan en Hiddo ziet hoe zijn vader een arm om Margje heen slaat. Ze zijn te laat.

'Kunnen we wat doen?' vraagt de abt. 'Of zijn we te laat en komt de voorspelling nu in ieder geval uit?'

'De voorspelling komt uit. Ik kan niets veranderen aan de toekomst, ik kan hem alleen zien. Maar de jongen heeft gelijk, het is goed om te overleggen wat er wél gedaan kan worden. Het repareren van de Reiderzijl zou ik zo snel mogelijk laten gebeuren. Daarmee kunnen we de overstroming van Reiderland misschien nog iets uitstellen. In de tussentijd kunnen jullie de dorpen verplaatsen. Trek je terug op het hogere land. Laat Reiderland opgaan in Oldambt, voor zo lang als het nodig is. Want ooit zal er daar waar het water is, weer graan groeien. Maar ik kan niet zien wanneer dat zal zijn. Dat kan nog honderden jaren duren.'

'En wat moeten we met ridder Keno?' vraagt de abt.

'Ik denk dat de jongen en het meisje ook daarin gelijk hebben. Die ridder levert alleen maar ellende op en de koning van Napels heeft niets met ons te maken. Al veel eerder kregen we de eeuwige vrijheid van koning Karel de Grote. Dus het geschenk van de koning van Napels is een luchtbel. En dat zal die ridder zich nu ook realiseren en bovendien zal ook hij begrijpen dat het Reiderland binnenkort overstroomd wordt. Leuk geschenk.'

Op dat moment klapt de deur van de refter open. Een drijfnatte man komt binnenstormen. Hij rent naar het midden van de zaal en roept: 'Te wapen! Keno heeft de zijl bij Termunten doorgestoken en een dijk kapotgemaakt. "Ik zal het water een handje helpen," riep hij. "Mijn geschenk kan elk moment overstroomd raken. Waarom niet nu?"'

Er ontstaat groot tumult in de zaal. Hiddo grijpt Margjes hand om haar niet kwijt te raken. Naast, voor, en achter hen springen mannen op en duwen elkaar weg om zo snel mogelijk buiten te zijn. Maar ze roepen allemaal hetzelfde, steeds weer. Soms tegelijk en soms door elkaar heen: 'Te wapen! Te wapen! TE WAPEN!'

Weetje

In een klooster wonen monniken of nonnen die hun leven aan God wijden. Door te bidden, te zingen en te werken in de naam van God proberen ze de balans tussen goed en kwaad op de wereld naar het goede te laten doorslaan.

In de riddertijd waren er veel meer kloosters dan tegenwoordig. De kaarten van de provincies Groningen en Friesland waren bezaaid met kloosters, maar daar is weinig meer van terug te vinden. Er waren verschillende soorten kloosters. Het klooster Palmar hoorde bij de orde van de premonstratenzers of norbertijnen. De monniken droegen witte pijen en werden daarom ook witheren genoemd. Het moet een invloedrijk klooster geweest zijn en er werden volksvergaderingen voor de hele streek gehouden. We weten niet waar het precies gelegen heeft, omdat de gebouwen verdwenen zijn na meerdere overstromingen van het gebied.

86 'Jullie wachten hier tot de grootste groep vertrokken is.' Hiddo's vader trekt hem en Margje met zich mee en zet hen met hun rug tegen de muur. 'Hier staan jullie niet in de weg. En ook al hebben jullie het nog zo goed gedaan, jullie vechten niet mee.'

Hij kijkt Hiddo streng in de ogen.

'Nee..' stamelt Hiddo. Meevechten? Hoe komt zijn vader daar nou bij? Hij moet er niet aan denken. Er trekt een rilling over zijn rug.

'We zien elkaar straks, als alles afgelopen is,' zegt Hiddo's vader en hij draait zich om. Terwijl hij opgaat in de stroom van hoofdelingen, snapt Hiddo ineens waar zijn vaders opmerking vandaan komt. De afgelopen dagen heeft hij dingen gedaan die hoofdelingen normaal gesproken doen. En die vechten ook. Maar hij heeft er geen moment aan gedacht, dat dat er nu bij zou horen.

Hiddo drukt zijn rug wat steviger tegen de muur. Hij merkt dat hij nog steeds Margjes hand vast heeft. En zo te voelen laat ze hem voorlopig niet los. Ze vindt het eng wat er gebeurt, net als hij.

Wat de oproep van die drijfnatte man teweeg heeft gebracht bij de hoofdelingen... Als een vloedgolf stromen ze door alle ruimtes van het klooster, op zoek naar alles wat op een wapen lijkt. Met hooivorken, stokken, zeisen en pannen op hun hoofd komen ze weer tevoorschijn. 'Te wapen, te wapen,' het gonst en zoemt in eindeloze herhaling over het plein, tussen het geschreeuw en geroep door. De regen klettert onafgebroken uit de hemel, maar niemand trekt zich er iets van aan. Paarden worden aangevoerd door knechten en monniken, ijzer klinkt op ijzer. De ene hoofdeling na de andere stormt de poort uit, gevolgd door zijn eigen kleine legertje van mannen.

Het wordt rustiger op het plein en de laatste groepjes zijn hun vertrek aan het voorbereiden. Hiddo kijkt naar Margje. Moeten ze hier blijven wachten en straks horen wat er gebeurd is? Zijn vader heeft alleen gezegd dat ze niet mee mochten vechten.

Dan komt Jaarfke naar buiten. Hij heft zijn gezicht in de regen en schudt zijn hoofd. 'Als ze nog maar op tijd zijn... We zullen het niet weten. Ik ga lekker bij het vuur zitten,' zegt hij tevreden. 'Gaan jullie mee?'

'Nee,' antwoordt Hiddo. 'Ik ga kijken. Ik wil zelf zien wat er gebeurt.' Hij trekt Margje met zich mee naar de stal, weg van Jaarfke. 'Of wil jij wel wachten?' vraagt hij dan ineens.

'Natuurlijk niet!' Margje lacht. 'Ik dacht al dat je het nooit zou voorstellen.'

Ze zadelen de paarden en slaan hun wollen mantels goed om zich heen, capuchon over hun hoofd. Hiddo leidt Elke het plein op en daar bestijgt hij haar. Is Margje klaar? Ze knikt naar hem en hij wendt zijn paard.

'Te wapen!' gilt Margje achter hem. Hiddo schiet in de lach. Margje is de beste vriend die hij ooit gehad heeft. En dan rijdt hij als eerste de poort uit.

De lucht is donker, maar af en toe wordt die door een bliksemflits verlicht. Margje komt naast hem rijden, de paardenlijven dicht tegen elkaar.

'Die kant op!' wijst Hiddo. De stroom van hoofdelingen is goed te volgen. Omdat zijzelf geen last hebben van hooivorken of andere wapens, zijn ze lichter en sneller. Een voor een halen ze een paar hoofdelingenlegertjes in. De gezichten van de mannen staan grimmig, hun vuisten houden ze om hun wapens geklemd. 'Te wapen!' roepen ze, als Hiddo en Margje voorbijkomen. Het is niet alleen een groet, maar ook een spreuk om elkaar moed in te spreken. Elke keer als Hiddo het hoort, voelt hij zich sterker worden. Als het nodig is, zijn de hoofdelingen van Reiderland en Oldambt een. Ze zullen die ridder Keno een poepie laten ruiken.

Met één hand houdt hij zijn capuchon vast, met de andere

de teugels. De regen stroomt in zijn gezicht, maar het maakt niet uit. Voort moeten ze, voort. Zien wat er gebeurt met ridder Keno.

Het water spoelt inmiddels om de hoeven van de paarden.

'We kunnen niet ver van Termunten meer zijn!' roept Margje tegen de wind in. Een bliksemflits schiet door de lucht, gevolgd door een knetterende donder. Hiddo schudt zijn hoofd. Margje heeft gelijk. Dit water komt van het vernielde zijl bij Termunten. De overstroming is begonnen.

Ze voegen zich in het steeds groter wordende leger hoofdelingen, dat op weg lijkt te zijn naar de kust. Is Keno daar gesignaleerd?

Hier en daar blijven groepjes staan, in afwachting van een bevel. Maar Hiddo en Margje rijden door, zij aan zij. Dan bereiken ze de kust. De paarden staan inmiddels tot hun knieën in het water en het stroomt onder Hiddo's voeten door. Hier kunnen ze omhoog naar een dijk. Er staan meer ruiters op. De paarden staan er droog. Hiddo en Margje rijden door tot ze zicht op de Eems hebben en zoeken een plaatsje tussen de andere ruiters.

Naast Hiddo wordt er ineens geschreeuwd. Mannen heffen hun vuisten en roepen: 'Lafaard! Kom vechten voor je geschenk!'

En dan ziet hij het. Het gebeurt vlak voor zijn neus. Een schip probeert zich los te maken van de kust, maar het lukt niet. De storm houdt het gevangen en slaat het terug, keer op keer. De zeilen scheuren en klapperen in de wind. Aan boord staat ridder Keno. Zo te zien geeft hij bevelen aan zijn mannen. Ze moeten roeien van hem, nu de zeilen gescheurd zijn.

Hiddo krijgt bijna medelijden met ze. De storm is zo krachtig dat ze er niet tegenop kunnen. Even lukt het ze om een stuk te varen. Dat komt omdat de wind niet constant is, maar in vlagen komt. De volgende windstoot gooit het schip weer terug en het lijkt iets geraakt te hebben, want het zakt dieper in het water.

'Het zinkt!' zegt Margje en ze legt een hand op Hiddo's arm.

Opnieuw krijgen de roeiers grip op het schip. Even lijkt het de Eems op te varen, maar dan zinkt het dieper en dieper. Er klinkt angstig geschreeuw aan boord. Hiddo ziet ridder Keno zijn vuist schudden naar de mannen aan de kant. Dan kantelt het schip en het verdwijnt in de golven.

Even is het stil aan de kant, maar dan gaat er een gejuich op. 'Leve Reiderland! Leve Oldambt!' Niet één keer wordt het geroepen, maar wel tien keer achter elkaar. En meteen na de eerste keer valt Hiddo in. Hij schreeuwt tot zijn keel er pijn van doet. En met het geschreeuw raakt hij alle boosheid en zorg van de afgelopen dagen kwijt, terwijl de opluchting in zijn borst groeit. Naast hem klinkt Margjes stem met net zoveel overgave als die van hem.

Dan wordt het langzamerhand stil. Steeds minder mannen schreeuwen. Ze keren hun paarden en verdwijnen door het water.

'Zullen we ook maar gaan?' stelt Margje voor.

Hiddo knikt. Hij klopt Elke op de hals en wendt haar. Zwijgend rijden ze naast elkaar met de stroom mee. De regen is opgehouden en de storm blaast de hemel schoon. Het onweer is voorbij. De eerste zonnestralen sinds dagen schitteren in de eindeloze watervlakte.

'Daar rijdt de abt,' ziet Hiddo ineens. Hij spoort Elke aan en galoppeert naar de man in het witte habijt dat van verre herkenbaar is.

'Heer abt,' roept Hiddo. De abt draait zijn hoofd om, herkent hem en houdt zijn paard in. 'Onze jonge hoofdeling!' glimlacht hij. 'Nog dank voor je waarschuwing.'

Hiddo haalt zijn schouders op. 'Het heeft niet veel uitgehaald.'

'Toch wel. Door jouw waarschuwing en Jaarfkes verhaal was iedereen voorbereid toen de bode kwam. Ik weet niet of er anders zo eensgezind gereageerd was. Niet lang daarvoor had Keno immers nog medestanders in de vergadering. Dat veranderde door het verhaal van jou en Jaarfke. Iedereen begreep daardoor wat belangrijk was en wat niet. Ik reed deze kant op met de hoofdeling die vroeger verantwoordelijk was voor het zijl in Termunten. Door Keno was hij zijn gevoel van verantwoordelijkheid kwijtgeraakt, maar nu heeft hij mij beloofd dat hij voor de reparatie zorg zal dragen. Ik zal voor de zekerheid

een bode sturen naar de hoofdelingen in Oosterreide en Wes- terreide, maar ook dat komt goed. De zijlen worden gemaakt en Keno is verjaagd. Dat is veel om op een dag te bereiken.'

Hiddo knikt. Zijn hoofd begrijpt dat de abt gelijk heeft, maar in zijn hart voelt het anders. Elkes hoeven gaan immers nog steeds door het water.

'We kunnen ons land niet redden. Je hoeft maar om je heen te kijken om te zien dat het ernst is.' Ineens schieten hem tra- nen in de ogen.

'Ach jongen,' de stem van de abt klinkt zacht. 'Je hebt gelijk, het is een kwestie van tijd. Maar je hoorde ook dat het weer goed komt volgens Jaarfke. Het is alleen de vraag of wij dat meemaken. Het lijkt me verstandig om te doen wat Jaarfke ons heeft aangeraden. We moeten onze huizen en dorpen terug- trekken naar hoger gronden. Als we de zijlen redden, hebben we daar volgens mij meer dan voldoende tijd voor. Het is verve- lend, er moet veel werk verzet worden, maar uiteindelijk is het overkomelijk leed.' De abt knikt hem bemoedigend toe.

Ineens ziet Hiddo het klooster Palmar weer voor zich. Ook dat kwam voor in de opsomming van Jaarfke. Het klooster zal op den duur dus ook moeten sluiten en ergens anders weer worden opgebouwd. Die monniken hebben meer stenen te ver- slepen dan de mensen van Beerta. De abt heeft gelijk. Ze moe- ten niet bij de pakken neerzitten. Reiderland moet opgaan in Oldambt, al is het maar tijdelijk.

'Hiddo!' Achter hem klinkt Margjes stem en ze verschijnt weer naast hem op haar paard. 'Ik heb mijn vader gevonden. We rijden samen naar Houwingaham. Een van mijn vaders mannen zal morgen naar je oom en tante rijden om de paar- den om te wisselen. Ik wil afscheid van je nemen.'

Afscheid. Natuurlijk. Hij is op weg naar huis en hopelijk komt hij onderweg ook zijn vader tegen. Maar nu moet hij afscheid nemen van Margje. Hij kijkt zijn nieuwbakken vrien- din aan. Haar wangen zijn rood en de vlechten onder de muts zijn losgeraakt. Een paar dagen geleden kende hij haar nog niet en nu kan hij zich nauwelijks meer voorstellen hoe de dagen zonder haar eruitzagen.

'Mijn vader en ik hebben een belangrijke beslissing genomen. Wij gaan onze steenhuizen afbreken. Een voor een, en dan weer opbouwen op hoger gronden. We hadden al veel last van het water, maar nu hebben we de beslissing genomen. En jullie?'

'Ik weet het niet,' zegt Hiddo. 'Eerst maar eens met mijn vader praten. En kijken of het water ook bij ons zo hoog is. Wij wonen verder van de Tjamme dan jullie van de Westerwoldse Aa. Misschien valt het bij ons nog mee.'

'Je hebt je koe niet terug,' bedenkt Margje ineens. 'Daarom kwam je immers bij ons, om die koe te zoeken?'

Dat heeft Hiddo ook al bedacht. 'Ik rijd eerst naar Palmar om te kijken of ik mijn vader kan vinden. Misschien is er daar iemand die weet wat er met de gestolen koeien en geiten is gebeurd. Ik heb een oude vrouw beloofd dat ik haar geit ook terug zou halen.'

Margje legt een hand op zijn arm. 'Ik hoop dat we elkaar nog eens zien. Dat jullie bij ons op bezoek komen, of wij bij jullie. Ik denk in ieder geval dat je later een goede hoofdeling wordt.'

Hiddo's wangen gloeien. 'Ik kom binnenkort bij jullie langs om te vertellen of het met de koeien en de geit gelukt is, zegt hij. En hij voegt eraan toe: 'Ik denk dat jij ook een goede hoofdeling wordt.'